안녕, 코스모

# 안녕,
# 코스모

전미영 소설

싱긋

일러두기

- 일부 외래어는 통상적 표기에 따라 국립국어원의 외래어표기법을 따르지 않았다.

차례

그중 덜한 죄 · 007

안녕, 코스모 · 065

작가의 말 · 151

# 그중 덜한 죄

1

 세배만 받고 바로 올려보낼 작정이었으나 일이 이렇게 되고 보니 꼭 내쫓은 꼴이 되어버렸다. 늙을수록 너그러워져야 하는데, 칠순 넘은 소갈딱지 참 모양 빠진다 싶어 스스로가 한심했다. 설날이라고 오랜만에 온 며느리에게 기어이 부아를 터뜨려 명절 분위기 싸하게 만들 건 뭐냔 말이다. 하지만 생각할수록 괘씸하기 짝이 없었다.
 '편하게 혼자 살아요, 아가씨. 열심히 돈 벌면서 틈틈이 여행 다니고, 취미 즐기면서 자유롭게 살면 얼마나 좋아요? 요즘은 싱글이 대세잖아요'라니. 그게 노처녀 시누이한테 할 소리냔 말이다. 그것도 시어미 앞에서.

저는 일찌감치 괜찮은 남자 찜해 부부 교사로 30평대 신축 아파트에 택택하게 살림 일구고 밤톨 같은 자식을 둘이나 낳고 사이판이다. 보홀이다 방학마다 재미란 재미는 다 보면서 시누이한테는 대세가 어쩌고저째? 대세면 저나 따를 일이지!

다시 부아가 치미는지 머리가 지끈거려 몸을 일으켰다. 넓지도 않은 집이 적막했다. 30분 전까지 딸, 아들, 며느리에 손녀 둘까지 구석구석 북적거리다 한꺼번에 빠져나갔으니.

냉동실 정리나 하자 싶어 열었더니 정체 모를 검은 봉지들은 또 왜 이리 많은지. 내가 쑤셔넣었으면서도 심란하기 짝이 없다. 폐광 같은 냉동실 안쪽에서 홍시 상자를 찾았다. 한우 등심, 자반고등어, 말린 고사리 모두 딸이 보낸 것이다.

날이면 날마다 혼자 있는 엄마 끼니 걱정하는 딸이다. 내 딸이어서가 아니라 마음 씀씀이가 그렇게 예쁠 수가 없었다. 딸이 보내는 제철 과일을 먹을 때마다,

오리며 가자미를 구울 때마다 딸 없는 사람 서럽겠네 하는 생각이 절로 들었다.

딸은 어릴 때부터 주변을 살필 줄 알았고 안쓰러운 것은 그냥 지나치지 못했다. 중고등학생 때 500원짜리 동전 두어 개 정도는 꼭 챙겨나갔다. 바닥에 엎드린 사람들 그냥 지나칠 수 없어서란다. 그런 딸이 아직 혼자다. 그래서 더 울화가 치밀었다.

빼어나게 예쁘지는 않아도 제 나이보다 서너 살은 귀염성 있는 얼굴에, 미적 감각 같은 것을 타고나 싼 옷도 맵시 있게 입었고, 손재주가 좋아 바느질이랑 요리도 뚝딱 해치웠다. 대학 다닐 때 딸의 자취방은 늘 시끌벅적했다. 동기 후배들 거두어 먹이느라 바쁜 딸 때문에 김치랑 된장 대기도 만만찮았으나 객지에서 혼자보다는 낫지 싶어 틈틈이 올려보냈다.

사람 챙길 줄 알고, 밥도 잘 해먹고, 20대 초반부터 보험이다 연금이다 노후 대비까지 착실히 해온 아이가 서른일곱 되도록 혼자라니. 내 딸이, 빼도 박도 못하게 노처녀라니!

언제부턴가 잠이 오지 않아 동틀 무렵까지 뒤척이기

시작했는데, 헤아려보니 딸이 서른다섯 살 되는 해 겨울이 시작이었다. 유독 컴컴한 천장이 천천히 내려앉아 가슴을 짓누르는 것 같아 새벽까지 TV를 켜놓고 앉은 이후로 그런 날이 잦아졌다. 늙어서 그러나 했다. 70년을 살았으니 잠도 줄고 몸도 까라지는 것이 당연한가 싶었는데, 아니었다. 딸 때문이었다.

스물여덟, 아홉 때는 제가 간다고 해도 보내기 싫었다. 한창 사람 만나고 즐길 때 아닌가. 물정도 좀 아는 서른두 살 정도면 딱이다 싶었는데, 하필 그해에 큰 회사로 옮겨 석 달에 한 번 집에 오기도 힘들었다. 사회인으로 반듯이 자리잡는 것이 흐뭇해 다음해도 그냥 넘겼다.

서른셋 될 때 어라, 어느새? 싶어 살짝 불안했으나 서른서넛은 노처녀도 아니란 말에 크게 채근하지 않았다. 좋은 소식 없어? 일도 좋지만 너무 늦으면 못 쓴다. 녹음기 틀듯 똑같은 말로 시작해 똑같은 말로 끝나는 전화 통화 몇 번 했을 뿐인데, 서른다섯이 되어 있었다.

그리고 올해 서른일곱. 설날까지 지났으니 한 해 후

딱 흘러 순식간에 서른여덟, 2년 뒤면……. 뒤통수가 선뜩해졌다. 마흔. 처녀지만 아줌마 소리가 더 어울리는 마흔! 숫자로 겨우 두 개 차이인 서른다섯과 서른일곱이 처녀 나이로는 하늘과 땅 차이란 것을 그때는 몰랐다. 여유 부린 내 발등을 찍고 싶었다. 이미 늦었지만 서른일곱 지나기 전에 어떻게든 해치워야 하리라.

2

 길치에 방향치라 설명만으로는 찾아갈 자신이 없어 어쩔 수 없이 타기는 했지만, 택시 안에서 내내 마음이 편치 않았다. 택시비만 날리는 거 아녀? 아니 택시비뿐 아니라 복채까지. 몇 주치 헌금에 고기가 몇 근이고 과일이 몇 박슨데.
 사주라니. 하다 하다 별짓 다 하는구나. 한숨이 나왔다. 사람이 안 하던 짓을 하면 죽을 날이 머지않은 거라는데. 자식 덕분에 제 명에 못 죽겠구나.
 "이름이?"
 "이, 이인숙입니다."

남자가 딸의 사주를 받아 적은 종이에 이인숙이라고 휘갈겨 썼다.

"아니, 아니. 그건 내 이름인데."

사주쟁이가 힐끗 쳐다보았다. 나는 무안해 얼른 딸의 이름을 말했다. 한자로 부를까요 했으나 필요 없단다. 입안이 타들어갔다. 나는 믿는 사람이다, 내 뒤에는 든든한 백이 있다 하고 속으로 되뇌었지만 얄궂게도 지금은 퉁명스러운 사주쟁이 손에 내 딸의 운명이 달린 것만 같았다. 주님을 믿지 못해서가 아닙니다. 다만 온 천지 만물을 주관하느라 바쁘신 주님께 내 딸 언제 결혼하느냐고 묻는 게 송구스러워서요. 답답한 속이나 좀 풀어볼까 하는 제 맘 아시지요?

"딴따라네."

종이에 갈겨쓰기를 마친 사주쟁이가 펜을 내려놓았다.

"예?"

"예술가 사주라고요. 도화살에 역마살이 쌍이라 조선시대 같으면야 딱 기생 팔잔데, 기생이 뭐요? 예술가 아녀? 재주 많겠다 머리 좋겠다, 생각이 너무 많아서 심신이 피곤하고 쓰잘데없는 고민으로 지가 저를 괴롭혀. 변덕이 죽을 끓고 고집은 또 드럽게 세서 남의 말 절대 안 듣고. 뭔 일 해요? 디자인? 그거 보래도. 디자인도 여러 종류데? 책 디자인? 잘 골랐네. 겉으로는 순둥하니 물러터져 보여도 한 번 승질 뻗치면 눈에 뵈는 것 없고. 기가 어찌나 센지 남자 알기를 개떡만도 못하게 알아요. 지상에 권이경이를 감당할 놈이 없어, 놈이."

나는 완전히 얼이 빠져버렸다. 순식간에 쏟아져나온 도화, 역마, 기생, 개떡이 비비적거리는 틈으로 세상에 감당할 놈이 없다는 말이 꽉 차버렸다. 사주쟁이는 더 들을 말 있느냐는 얼굴로 나를 빤히 쳐다보았다.

맞아요, 맞아. 어쩜, 딱이여. 내 딸이 딱 그런 아이유. 이렇게 말하지는 않았으나 그는 내가 완전히 장악당해버린 것을 알았다. 1분도 안 되어서 남의 딸 인생을 죄 까발려놓고는 시침 뚝 뗀 얼굴로 천연덕스럽게 쳐다보는 사주쟁이에게 나는 완전히 질려버렸다. 3만 원이 아깝지 않도록 조목조목 따져 물으려고 택시 안에서 생각해두었던 질문 같은 것은 싹 다 잊었다.

"겨, 결혼은…… 감당할 놈이 없으면……."

앉았는데도 다리가 후들거렸다. 서러운 팔자는 나이 사십에 과부 된 어미로 족했다. 만약 저 입에서 결혼 운이 없다느니, 평생 혼자 사는 게 맘 편할 거라느니 하는 말이 나오면 주님 앞에서 품기에는 너무나도 불경스러운 생각이지만…… 저 입을 꿰매버리겠노라.

"있어요."

자신 있게 말하니 오히려 의심스러웠다. 달려들어 멱살이라도 쥘까봐 저러는 것인가.

"결혼 운 있다니까? 좋은 사람 만나 잘 살아요. 기가 센 거랑 성깔 못된 건 다른 거야. 애가 맘은 착해. 주위에 남자도 많구먼. 오히려 너무 덤벼 걱정이라니까. 도화살 뜻 몰라요?"

모른다 이놈아! 내 딸한테 그런 흉한 살 모른다. 도화고 앵두고 간에 백 놈 덤벼봐야 무슨 소용이란 말인가. 딸에게 맞춤한 오직 딱 한 놈이 절실한 것을.

"그럼 언제나 가능할지……."

3

 일 다 끝내고 천천히 오라고 했는데, 1시간도 안 돼 딸이 터미널로 달려왔다. 생전 서울 나들이 한 번 안 하던 엄마가 소리소문 없이 터미널이라고 전화를 했으니 놀라기도 했겠지. 대학 입학과 동시에 서울로 보내 놓고 17년 동안 서울에 걸음한 것은 채 열 번도 되지 않았다. 유람선 타자, 남산 가자, 딸이 서울에 올라오라 해도 움직이지 않았다. 주일 성수에 빠지면 안 된다는 핑계를 주로 댔지만 엄마 신경쓰느라 딸이 제 일 못하고 피곤할까 피했다.
 몇 해 전 여름 휴가 받은 딸이랑 2박 3일로 울릉도를 다녀왔는데, 배에서 멀미로 초주검이 되었다. 열두 번도 더 토한 나도 나였지만 진땀 빼며 수발드는 딸도 고역이었다. 그런 전력이 있는지라 약속한 해외여행도 미루고만 있는 중이었다. 엄마 더 늙기 전에 에펠탑 구경시켜주고 싶은 딸 마음이야 알겠지만, 사위랑 알콩달콩 찍은 사진만 보아도 충분할 어미 속도 모르고.

토요일인데도 딸은 회사에 있었다. 월말까지 끝내야 할 책이 여러 권이라고 했다. 이 좋은 봄날 딸은 너무나도 부석부석해 보였다. 가무잡잡해도 살결만큼은 아기처럼 매끈했는데, 그마저도 잡티로 울긋불긋했다. 내 딸이 남들 눈에는 동안도 아니고, 예쁘지도 않고, 그저 퍼석한 30대로 보일지 모른다는 사실에 가슴 철렁했다.

"너는 옷이 그게 뭐냐? 디자이너란 애가. 회사 일은 너 혼자 다 하냐?"

차마 얼굴 타박은 못 하고 애꿎은 옷만 탓하자 딸이 배시시 웃었다.

"팀장이잖아."

"연봉은 멸치 똥만큼 올려주고 일은 배나 부려먹어."

딸은 또 배시시 웃었다. 눈이 반달같이 짜부라져 귀엽다. 웃으니 칙칙한 기가 좀 가시는 것 같았다. 웃기라도 잘하니 천만다행이다. 그래, 늘 그렇게 웃어라.

기다리는 동안 점찍어둔 백화점 매장으로 딸을 잡아끌었다. 보랏빛 시폰 원피스와 광택이 살짝 도는 아이보리 트렌치코트. 예상대로 입혀놓으니 화사하고 예뻐서 흡족했다. 원피스는 귀여웠고 트렌치코트는 세련되어 보였다. 이제 좀 디자인팀장 같네.

딸이 화장실 간 사이 의자에 앉아 쇼핑백을 열어보았다. 요새 아가씨 옷들은 어쩌면 이렇게 화사하고 예쁘게도 나오는지 진짜 날개다, 날개. 세일중이라 원피스 8만 9000원에 트렌치코트 32만 9000원. 한자리에서 후다닥 40만 원 넘게 썼지만 100만 원이고 1000만 원이고 쓸 수 있었다. 귀한 딸내미 좋은 데 시집만 보낼 수 있다면야 억만금인들.

내일 이렇게 입혀 데리고 나갈 생각을 하니 절로 입이 벌어지는데, 전화가 온다. 아들이다. 집에 전화했는데, 안 받으니 휴대전화로 걸었겠지.

"어머니 어디세요?"

"서울."

"서울요? 왜요? 무슨 일 있으세요?"

내일 이경이 선뵈려고라는 말이 목구멍을 간질였으나 꾹 참았다. 말수 적은 아들이지만 동생에게 꼰지르지 말란 법 없으니 우선은 감추기로 했다.

"서울에 엄마 동창 산다고 얘기 안 하든? 맨날 서울 한번 간다 간다 했는데, 부도수표 그만 날리라고 하도 뭐라고 해서 겸사겸사 친구도 만나고 이경이 이사한 집도 가보련다."

"그러세요? 오신 김에 수원도 들르세요. 모시러 갈까요?"

빈말이라도 제집도 오라는 말에 기분이 썩 좋았다.

"됐어, 엄마 바쁘다. 오늘은 이경이네서 자고 내일 친구 만나고 바로 갈 거다."

신기하게 일이 되려니 이렇게도 되었다. 올해 안에 사윗감 만나겠다는 사주쟁이 말이 좋으면서도 괜한 짓 했나 찜찜한 참에 마침 친구에게 전화가 왔고, 딸내미 푸념을 하다 사주 본 이야기까지 해버렸고, 그러다 친구 언니의 사돈의 팔촌 중에 명문대 공대를 나와 외국

계 기업에 다니는데 키가 180센티미터가 넘고 생긴 것도 수려한 인재가 있다는 말을 들었다. 서른아홉 살이니 딸하고 두 살 차. 듣다보니 탐이 나서 나도 모르게 침이 꼴깍 넘어가지 뭔가.

한 가지 걸리는 점이 있기는 한데, 요즘은 뭐 흠도 아니더라만……. 한 번 갔다 왔어.

이혼남이라는 말에 넘어가던 침이 도로 나오려는데, 상대방 유책 사유로 애 없이 1년도 못 살고 갈라섰고, 혼인신고도 안 해 서류도 깨끗하다는 말에 또 솔깃. 느낌이 딱 왔다. 믿는 사람으로서 못 할 말이지만 예전부터 감이랄까 촉이 좀 좋은 나 이인숙 아닌가.

이왕지사 식장 들어간 적 없는 총각이면 아이고 하나님 아버지 하겠으나 내 딸 나이가 있으니 아쉬운 대로 한 수 접고 들어간다고 생각하니 마음이 편해져 한 번 만나게나 해보자, 일사천리로 결론이 났고 그날이 바로 내일이었다.

"어머니, 요즘 이경이 일 때문에 많이 힘든가보더라고요."

"아이고 말 마라. 오늘 토요일인데도 출근했다는데,

꼬라지가 넝마 줍다가 온 것마냥…….."

"그러니까 다른 얘기는 안 하셨으면 좋겠어요."

"다른 얘기 뭐?"

기분이 싸했다.

"요즘 자꾸 결혼 얘기하셔서…… 이경이 좀 부담스러운 모양이에요."

"바쁘다. 끊어라."

이놈 자식이! 장 열리기 전에 천막부터 걷고 자빠졌다. 오라비라는 것이 달랑 하나뿐인 여동생이 처녀로 늙어가는데, 동생을 진짜 위한다면 저부터 발 벗고 나서야 할 것 아니냔 말이다. 자유가 어쩌고, 싱글이 어쩌고 염불 외는 며느리가 얄밉더니 아들 녀석까지 한통속인 모양이었다. 이것들이 쌍으로 아주. 그래, 네 딸 아니고 내 딸이다. 나만 속 타고, 나만 애달프고, 나만 답답하고, 나만 잠 못 자고 애끓지! 어미 된 죄로!

열을 냈더니 화장실이 급해졌다. 짐을 챙겨 화장실로 막 들어서니 딸의 뒷모습이 보였다. 통화하느라 안 나온 모양이었다.

"꼭 챙겨먹고, 찜질도 하고, 알았지? 내일 다녀와서

볼 수 있으면 보자. 글쎄, 아직 안 여쭤봤는데, 내일이나 모레쯤? 미안해. 그래도 미안하지. 고마워. 찜질기 꼭 챙겨가. 나도."

 남자다! 한마디 한마디에서 살가움과 다정함이 뚝뚝 흘러넘쳤다. 원래가 상냥한 성격이지만 나나 제 조카랑 통화할 때랑은 결이 다른 다정함이 느껴졌다. 가족에게 보이는 본능적이고 원초적인 친밀감이 아니라 조심스러운 배려가 느껴지는.

 이건 남남으로 만나 어렵사리 애정의 길을 튼 사이만이 만들어낼 수 있는 분위기다. 챙겨먹으라고 신신당부하고, 어디가 아픈지 찜질까지 챙기고, 말끝마다 미안하다 고맙다 애면글면하는 품새가 남자 아니고 무엇이겠는가. 딸이 전화를 끊고 돌아서다 나를 보고 놀랐지만 나는 이제 막 들어온 사람처럼 쇼핑백을 맡기고 화장실로 뛰어들었다.

 소변을 보면서 자꾸만 가슴이 두근거렸다. 섣불리 앞서가지 말자 생각은 하면서도 히죽히죽 웃음이 비어져나왔다. 손을 씻으면서 딸의 얼굴을 힐끗거렸는데, 앙큼한 것, 시침 뚝 뗀 얼굴이었다. 통화한 녀석이 누구냐고 물을까 하다가 아니라고 펄쩍 뛸까 참았다. 가만있자, 소개팅은 어쩐다? 에라 모르겠다. 양손에 떡 들고 맛난 놈으로 고르라지.

4

 딸의 집에는 방이 세 개나 있었다. 작년 말에 조금 넓혀 이사한다기에 그런가보다 했는데, 이렇게 덩치 큰 살림인 줄은 몰랐다.
 "서울서 이만한 평수면 꽤 하지? 얼만데?"
 "같이 사는 후배랑 둘이서 전세금 합쳤어요."
 값을 듣고 입이 떡 벌어졌다. 서울 집값이 미쳤기로서니 신축도 아닌 빌라 전세금이 우리 아파트 매매가라니.
 "얼마씩 보탰는데? 후배는 무슨 일 하고?"
 "두 살 어린데, 회사 다니고 착해. 보증금도 후배가

더 냈고."

서른다섯? 그 부모도 속깨나 타겠구나. 딸보다 보증금을 더 얹었다니 고맙기는 한데, 흩어져서 남자 하나씩 야무지게 꿰차야 할 딸들이 이러고들 있으니.

"가구랑 가전은 또 언제 이렇게 장만했어? 다 새거네?"

"후배랑 같이 산 거예요."

"후배, 애인은 있다냐?"

"……몰라."

"근데 왜 얘기 안 했어? 다른 사람이랑 같이 산다는 말은 안 했잖아."

"그랬어요? 안 했나? 한 줄 알았는데? 했어, 엄마."

딸이 정색했다. 하기야 딸이 이런 큰일을 말 안 했을 리 없다. 도통 기억에 없지만 원체 깜빡거리는 내가 들어놓고 잊었겠지. 딸이 저녁 준비를 하는 동안 나는 집 안 여기저기 돌아보았다. 빌라치고 구조가 잘 빠져서 세탁기 둘 베란다도 있고 거실도 꽤 컸다.

"엄마. 서랍 같은 데 막 열어보고 그러지 마요. 나만 사는 집 아니야."

계집애, 깍쟁이 같기는. 침실은 단정한 듯 고급스러웠다. 원목 침대 한번 크고 넓네. 잠 잘 오게 생겼다. 소리 죽여 슬그머니 서랍장을 열어보았다. 사각 빤스 한 장만 나와라. 나왔다! 나오긴 했는데……. 앞이 막혔다. 요즘 앉아서 소변 보는 남자도 있다는……. 아이고, 아서라, 말아라. 하다 하다 별 망측한 기대를 다 한다.

 옷방에는 침실 가구와 세트인 장롱 두 짝과 행거가 마주보게 놓였고, 장롱에는 이불과 옷들이 차곡차곡 정리되어 있었다. 아무리 뒤져도 남자 셔츠는 보이지 않았다. 장롱문을 닫는데, 절로 어깨가 처졌다. 식사하시라는 딸의 목소리에 화들짝 놀라 얼른 방을 나왔다.

 식탁에는 어느새 한 상 가득 차려져 있었다. 내가 싸온 김치랑 절임 반찬 말고도 언제 해놓았는지 멸치볶음이랑 장조림도 있었다. 멸치볶음에는 호두랑 잣까지 넣어 적당히 달면서도 삼삼하니 고소했다. 멸치를 이렇게 바삭하면서 부드럽게 볶기 쉽지 않을 텐데.

"샀어?"

"후배가 만들었어."

딸이 국을 퍼 식탁에 놓았다. 냉잇국이었다. 세상에, 젊은 애들이 이런 것도 끓여먹을 줄 아네. 반가워서 얼른 숟가락을 들었다. 봄의 맛이다. 올해 냉잇국은 처음이다. 조금만 걸어나가면 냉이가 지천인 야산 밑자락에 살면서 서울 와서 냉잇국을 다 얻어먹네.

"이것도 후배가 끓인 거야? 어디서 이렇게 배웠대?"

"타고났나봐. 어디 가서 맛있는 거 먹잖아? 집에 와서 뚝딱 만들더라고."

"내 김치가 입에 맞으려나 모르겠네."

"후배가 엄마 파김치랑 깍두기 되게 좋아해. 엄마보고 김치 장금이래. 비법이 뭐냐고, 너어무 맛있대. 양념 뭐뭐 들어가?"

당연히 인사치레인 거 알면서도 칭찬이라고 들으니 헤벌쭉해졌다.

"비법은 무슨, 걍 쓱쓱 대충 버무리는 거지. 그나저나 불쑥 와서 미안하네. 후배 불편하겠다."

"오늘 안 들어와. 출장 갔어. 그러니까 편히 계세요."

편히 있기는 하겠지만 왠지 미안했다. 부러 자리를

피해준 것만 같았다. 저녁 먹고 차 마시고 과일까지 깎아먹고 나니 잠이 쏟아졌다.

"엄마, 일찍 주무세요. 난 일해야 해."

욕실에 들어가니 딸이 어느새 욕조에 물을 받고 입욕제까지 풀어놓았다. 따뜻한 물에 몸을 담그니 에구구 소리가 절로 나오도록 좋았다. 타일이 반짝반짝하고 용품도 가지런했다. 사는 것같이 사네. 비싼 물건이 많거나 화려하게 꾸며서가 아니라, 꼭 필요한 것들이 넘치거나 모자람 없이 알맞게 있어 집이 집다운 느낌이었다.

딸의 솜씨는 아니다. 딸은 정리정돈이 안 되는 아이였다. 어릴 때부터 방이 돼지우리였다. 후배가 고생깨나 하겠다. 무던한 성품인가보네. 고맙네. 그래, 딱 이런 성품의 남자라야 한다. 딸의 짝은 딸의 모자란 부분을, 생색내거나 짜증내지 않고 기꺼운 마음으로 채워줄 수 있는 남자여야 한다. 목욕을 마치고 때수건으로 욕조를 박박 닦고 나오면서 나는 내내 마음에 걸렸던 것을 비로소 깨달았다.

작업실로 가니 딸은 컴퓨터에 코를 박고 있었다.

"방 말이다, 방. 방이 세 개인데 왜 침실이 하나야? 잠을 같이 자는 거야? 후배랑?"

엄마 앞에서조차 옷을 갈아입지 않는 딸이었다. 중학생 때부터 목욕도 따로 다녔다. 어쩌다 기척 없이 방문만 열어도 교양이 있네, 없네 하며 화를 내던 것이 남이랑 침대를 같이 쓰다니, 놀랄 일이었다. 방 하나씩 차지하는 게 서로에게 편할 텐데.

"어…… 후배도 나도 집에서 일이 많아 제일 큰 방을 공동 작업실로 만들다보니까…… 자는 시간도 다르고 여기서 잘 때도 많아서 별로 안 불편해요. 나 바빠. 얼른 주무세요."

딸의 채근에 나는 작업실을 나왔다. 지들이 괜찮다는데 뭐, 어쩌겠어. 딸이 꺼내놓은 새 이불과 베개가 포근하고 향기로웠다. 보송보송한 이불이 꼭 친정에 다니러 갈 때 돌아가신 엄마가 꺼내주던 목화솜 같았다. 곱게 차려입은 딸이 환히 웃으며 누군가와 함께 큰 가방 들고 떠나는 꿈을 꾸었다. 슬프거나 서운한 느낌 하나 없이 기쁘게 배웅했다. 꿈을 꾸면서도 나는 우리 딸내미 시집가는구나 싶어 히죽 웃었다.

5

"인숙아. 우리 바지락칼국수 먹으러 가자."

도시생활 수십 년째이지만 엄마 뱃속에서 비린 것으로 몸을 키운 바닷가 출신들답게 해산물 식당에 도착하니 시간이 벌써 8시. 몇 젓가락 뜨기도 전에 친구 휴대전화가 울렸다.

딸의 맞선남이었다. 한창 저녁 먹으면서 분위기 무르익을 시간인데……. 통화하는 친구의 얼굴에서 천천히 웃음기가 사라졌다. 무슨 일 났구나! 국숫가락이 목에 턱 걸렸다. 친구의 얼굴이 점점 굳어지더니 급기야 휴대전화를 들고 일어섰다. 가슴이 쿵 내려앉았다.

남산에 오를 때만 해도 기분 좋게 조잘대더니 친구와 맞선남이 나타나자 딸의 표정이 딱 굳어버렸다. 등을 살짝 꼬집었는데도 표정이 풀리지 않았다. 두 사람만 남겨두고 남산을 내려오는 내내 그 표정이 마음에 걸렸는데, 끝내 사달이 났구나.

딸에게 전화하려다 그만두었다. 딸과 상관없이 맞선남에게 무슨 일이 생긴 것일 수도 있지 않은가. 칼국수가 불어 국물이 걸쭉해질 때쯤 친구가 돌아왔다.

"우리 가고 나서 한참을 입 꾹 닫고 있다가 저는 결혼 생각 없습니다 하고 딱 잘라 말하고는 뒤도 안 보고 가더래. 내가 네 딸을 모르는 것도 아니고 실수한 거 있냐고 몇 번을 물어도 펄쩍 뛰네. 대화라도 했어야 실수를 해도 하죠 하네. 당분간 여자 만날 생각 없다는 거 가벼운 자리라고 끌고 나간 건데…… 한 번 실패한 것 때문에 무시당한 모양이라며 화가 단단히 났다."

"그건 아냐. 절대 아냐. 이경이는 몰라. 이혼 얘기 안 했다. 설사 알았더라도 그런 거로 사람 가리고 그런 애는 아냐. 내 딸이라서가 아니라……."

"내가 참…… 두루 면이 안 선다."

자세한 이야기를 좀 들어봐야겠다며 일어서는 친구에게 미안해서 잘 가라는 말도 못 했다. 칼국수 사발에 얼굴을 처박고 싶었다. 고마운 친구한테 이게 무슨 짓인가. 남의 집 귀한 아들은 또 무슨 날벼락인가.

한참을 입 꾹 닫고 한마디를 안 하더라고? 안 봐도 비디오였다. 그 버르장머리. 화났다는 표시다. 그것도 크게. 도대체 뭐가 그렇게 분해서. 뭐에 그렇게 단단히 화가 나서. 엄마가 거짓말해서? 억지로 남자를 붙여서? 바빠 죽겠는데 시간 뺏겨서? 아니, 그런 이유로는 이런 무례는 말이 안 된다.

대체 무슨 짓을 한 거냐고 딸에게 전화하려다 퍼뜩 남자한테 했다는 말이 떠올랐다. 결혼 생각 없다고 딱 잘라 말했다고? 요즘 젊은 여자들, 인터넷에 매일같이 올라오는 고부 갈등, 독박 육아, 경력 단절 공포에 결혼의 ㄱ자만 나와도 질색한다던 친한 집사 말이 뇌리에 스쳤다. 비혼주의가 대세라기에 별 해괴한 주의도 다 있네 했더니만 설마 내 딸이? 가슴이 덜컥했다.

비로소 그동안의 행동이 한 줄로 꿰어졌다. 평생 살 것처럼 너무 큰 집을 마련한 것이며, 결혼하면 어차피 혼수를 새로 해야 할 텐데 가구와 가전 일체를 새로 장만한 것이며, 아무리 숙맥이라도 그 나이 되도록 남친 이야기 한 번 못 들어본 것이며. 생각할수록 혼자 살 채비를 오랫동안 착실하게 해온 모양새였다. 괘씸했다. 같이 사는 후배도 비혼주의 짝짜꿍이겠지. 이거 큰일이구나 싶어 부랴부랴 휴대전화를 들었다.

6

저희끼리 통화한 모양인지 아들은 그 일에 대해서는 일절 묻지 않았다. 서울로 태우러 와 제집까지 운전하고 가는 동안 다른 이야기만 했다.

이경이 새집은 좋던가요? 남산 타워는 구경 잘 하셨어요? 케이블카는 타셨고요? 대답을 안 하자 몇 마디 더 묻다 조용해졌다.

"어머니 오셨어요? 피곤하시죠?"

현관 앞에서 기다리던 며느리가 환히 웃으며 가방을 받아들었다. 가끔 푼수 빠지는 소리를 해서 그렇지 성격 하나는 무던한 아이였다. 그래도 미안한 것은 미안한 것. 예고도 없이 일요일 밤 10시에 쳐들어온 시어미가 퍽이나 예쁘겠다. 며느리한테 모양 빠지게 이게 뭐란 말인가. 생각할수록 괘씸한 것.

손녀들 방을 들여다보았다. 이층 침대에 하나씩 누워 곤히 잠든 내 새끼들. 딸은 조카들이라면 껌뻑 죽었다. 만날 때마다 선물을 안겼고 틈나는 대로 사진을 찍어 휴대전화에 담았다. 조카가 그리 예쁜데 제 새끼는 어떨까. 넘치는 모성애가 아까웠다.

아들, 며느리를 거실에 앉혔다. 둘 다 긴장한 얼굴이었다.

"올해 안에 이경이 결혼시켜야겠다. 내일 당장 결혼정보회사 등록하고 맞선, 소개팅 가리지 않고 동원할 방법은 다 써볼 생각이니 너희도 최선을 다해서 협조해라."

"올해 안에 꼭 결혼시켜야 할…… 특별한 이유라도 있으신 거예요?"

아들이 조심스레 물었다.

"느이 아빠가 자꾸 꿈에 나온다. 아빠 가실 때 이경이 겨우 여섯 살이었잖냐. 당신 무릎에서 안 내려놓던 딸내미를 왜 혼자 늙게 하느냐고 뭐라 하시는 것 같아서 아빠 볼 면목이 없다. 그리고 나도 이제 칠십 넘어 몸도, 마음도 예전 같지가 않다. 당장이라도 이경이 혼자 두고 어떻게 될까 하루하루가 불안타. 너희도 자식 있으니 내 맘 알 테지."

"어머니 엄청 건강하신데, 왜 그런 걱정을 하세요. 혈압, 당뇨, 관절 다 쩡쩡하시잖아요. 그리고 아가씨가 왜 혼자예요. 저희가 있는데……."

책임지지 못할 말은 하지도 마라, 마흔 넘고 쉰 넘어서도 혼자인 시누이 천덕꾸러기 취급 안 할 자신 있느냐 소리가 목구멍에 달랑거렸지만, 부정 탈까 입 밖으로 꺼내지 않았다.

"알아들었지? 그런 줄 알고 협조들 해라."

사실 협조는 바라지도 않으니 방해나 마라. 아들이 머뭇거리며 따라왔다. 할말이 있는 눈치였는데, 또 초치는 소리일 것이 뻔해 뒤도 안 돌아보고 방으로 들어와버렸다. 이불에 몸을 누이자마자 기도할 새 없이 곯아떨어졌다.

딸이 처연한 눈빛으로 한참을 보더니 제 몸집만한

가방을 터덜터덜 끌고 갔다. 뒷모습이 어찌나 처량하고 서글픈지 붙잡아야 한다는 생각만 들었다. 그런데 목소리가 나오지 않고 발도 떨어지지 않았다. 멀어지는 딸을 보며 팔만 허우적거릴 뿐이었다.

눈을 뜨니 온통 시커멨다. 입안이 바짝 말라 혀가 입천장에 달라붙을 지경이라 벽을 더듬어 문고리를 찾았다. 살금살금 주방으로 나가 냉장고 불빛에 의지해 물 두 컵을 내리 벌컥벌컥 마셨다. 살 것 같았다.

살금살금 방으로 돌아가는데, 어디선가 두런두런 말소리가 들렸다. 어쩔 생각으로, 어머니가 감당, 더는 안 되겠어……. 낮은 목소리와 가느다란 목소리가 섞여 들렸다. 낮은 건 아들이고 가는 건 딸이다. 대체 언제? 억지로 결혼하고 나서? 이혼하고 나서? 엄마 돌아가시고 나서?

오빠를 몰아세우는 딸의 말들이 해괴해서 나도 모르게 방문을 열어젖혔다. 아들, 며느리가 놀라 엉거주춤 일어섰고 딸은 그대로 앉아 있었다.

"넌 언제 왔어? 뭐 하러 왔어?"

"어머니, 여기 앉으세요."

나는 그냥 문 앞에 서 있었다. 딸이 일어섰다. 잠시 서로 노려보았다.

"올해 안에 나 시집보내기로 작정했다면서?"

"그래."

"맘에 드는 사람 못 만나면?"

"만나."

"어떻게?"

"어떻게든. 결혼정보회사 등록하고 친척들, 친구들한테 전화 쫙 돌릴 거야. 오빠랑 새언니도 그러기로 했고. 널린 게 남잔데 부지런히 찾아보면 네 짝 하나 없을라고."

"어쩜 그렇게……."

딸이 간신히 짜증을 누르는 것이 보였다.

"엄마 맘대로야? 내 결혼인데 왜 엄마 맘대로야?"

"네가 알아서 못 하니까."

"내가 알아서 해."

"알아서 어떻게? 네가 퍽이나. 깔아준 멍석도 번번이 걷어차는 주제에? 외숙모, 이모, 권사님, 집사님이 내민 자리 죄다 마다했어. 이 핑계, 저 핑계로 괜찮은 총각들 다 놓쳤어."

"나만 거절했던 거 아냐. 차인 적이 더 많아."

"세 번. 여덟 번 중에 세 번. 다섯은 더 만나보자 그랬는데, 네가 걷어찼지. 이놈은 눈이 비뚤어지고, 저놈은 코가 짜부라지고, 또 뭣이라? 목소리가 앵앵대서? 지는 뭐가 그리 잘나서?"

"엄마 눈에도 잘난 거 없는데, 남들은 어떻겠어."

"뭐?"

"엄마 눈에도 별로인 딸하고 올해 안에 누가 결혼을 해줘?"

패씸한 것. 진짜 못났다는 말 아닌 거 뻔히 알면서 저렇게 얄밉게 받아치다니.

"네, 네가 뭐가 못나! 어디가 빠져! 나이가 좀 있달 뿐이지."

"또 또 또. 빠지는 거 없다면서 나이 하나로 애물단지 취급이잖아. 엄마가 그렇게 내 결혼 때문에 안달복달할 때마다. 못 치워버려서 전전긍긍할 때마다 내가 하자 있고 문제 있는 사람같이 느껴져. 엄마가 내 자존감 도둑이라고!"

한 번도 들어본 적 없던 딸의 말은 충격이었다. 자존감…… 도둑?

"내가 공부를 안 했어, 돈을 못 벌어? 내 일 열심히 하고 사람들한테 인정받으면서 충분히 잘 살고 있어. 근데 내가 왜 그런 취급을 받아야 해? 결혼 그까짓 게 뭐라고!"

"그게, 그게 다 무슨 소용이야! 남편이 없는데!"

나도 모르게 소리를 꽥 지르고 말았다.

"여자 혼자 사는 거, 그게 얼마나 더럽고 서러운 일인데! 나는 자식이나 있어서 버텼지. 너는 혼자 어쩌려고 그래! 엄마 죽고 나면 세상 누가 너를 챙겨! 자식도 자기 부모 안 챙기는데, 조카들 짐덩어리 될래? 미우나 고우나 마지막까지 남는 건 부부고 남편이야!"

딸이 한숨을 푹 내쉬었다.

"엄마 때랑 세상이 얼마나 달라졌는데. 요새는 적령기도 따로 없어서 마흔, 쉰에도 결혼하는 사람 많아. 결혼 안 하고도 행복한 사람도 많고. 친구들끼리 멋지게 집 짓고 사는 미혼 할머니들 방송에도 나왔어. 남편 없다고 안 죽어!"

조곤조곤 따지며 가르치려 드는 딸이 괘씸했다. 이런 식으로 비혼주의를 설득할 모양인데, 어림없지. 독거노인이 어쨌다 뉴스만 나오면 열두 번씩 가슴 덜컥하는 어미 속도 모르고!

"올가을까지 네가 안 데려오면 선본 사람 중에 하나 고를 거다. 일단 결혼해서 정붙이고 살면 돼. 다 살게 돼 있어. 잘난 척 어지간히 해. 이것아."

내가 끔찍한 흉물이라도 되는 듯 나를 보는 딸의 표정이 일그러졌다. 나는 고개를 돌렸다. 이 정도까지 이야기했으니 저도 각오가 서겠지. 노력은 해보겠지.

"어머니, 그만하시고 다음에 얘기하세요. 너무 늦었어요."

내일 둘 다 일찍 출근해야 하는데, 새벽 1시에 객식구들이 이 난리니 민폐가 이만저만이 아니었다. 미안하기도 했거니와 할말 다해 후련한 마음으로 방을 나서려는 순간.

"징글징글해."

뒤통수가 서늘해졌다.

"징글징글 징글징글."

"권이경, 조용히 해!"

"그만 좀 해. 제발 그만해. 미쳐버리겠으니까 제발 그만 좀 해!"

딸은 이미 미친 사람처럼 울부짖었다. 몸을 떨고 얼굴을 일그러뜨리며. 남편 죽은 여자처럼. 30년 전 내가 그랬던 것처럼. 결혼하기 싫다고 보채는, 철모르는 반항이 읽히지 않아 나는 당혹스러웠다. 딸의 온몸에서 뿜어져나오는 것은 깊고 절절한 절망과 분노였다. 대체 왜? 대체 무엇 때문에? 뭐가 그리 서러워서? 어째서 딸에게서 옛날의 내 모습이 겹쳐 보이는 것인지 당혹스러웠다. 아홉 살, 여섯 살 아이 둘을 남기고 겨우 11년을 살고 간 남편. 나이 마흔에 과부가 된 내가 딱 저렇게 울부짖었는데.

딸에게는 그 정도로 결혼이 끔찍한 것일까? 자유가 없어질까 무서워서? 경력이 끊길까봐? 내가 모르는 뭔가가 있구나. 결혼을 거부하는 특별한 이유가 있어. 불길한 예감을 누르려 숨을 골랐다.

"그렇게 싫으냐, 결혼이?"

딸이 나를 똑바로 쳐다보았다.

"……살고 싶어. 내가 좋아하는 사람이랑."

"그 좋아하는 사람 언제 나타날 것 같은데? 엄마가 얼마나 기다리면 되는데? 1년? 2년?"

딸이 고개를 저었다.

"무슨 뜻이야? 1, 2년은 턱도 없다는 거야, 기약이 없다는 거야? 아님, 누가 있다는 거야?"

조금씩 불안함이 커졌다. 누가 있긴 있다. 나한테 이 사람이다 하고 말하지 못할. 그러면서도 딸의 마음을 온통 차지하고 있는 누군가가.

"백화점 화장실에서 통화했던 남자 맞지? 찜질팩 꼭 챙기라느니 마니 당부했던 남자 맞지?"

말하다보니 머리카락이 쭈뼛 서는 것 같다. 설마, 설마…….

"……유, 유부남이야?"

딸이 또 고개를 저었다.

"그럼 뭐야. 홀아비야? 갔다 왔어? 몸이 성치 않아? 얼마나?"

"……남자가."

"이경아!"

딸과 아들이 동시에 말을 꺼내는 바람에 딸의 뒷말을 듣지 못했다.

 "남자가 뭐?"

 "나 남자 안 좋아해."

 피식 웃음이 나왔다.

 "계집애. 누구는 남자에 환장해서 결혼한다냐?"

 딸은 웃지 않았다. 눈도 깜빡이지 않고 울먹이지도 않고 또박또박 말했다.

 "나, 여자 좋아해. 남자가 아니라."

7

 수요 예배 마치고 휴대전화를 켜니 부재중 전화 알림이 또로롱 떠올랐다. 모두 아들이었다. 문자도 여러 개였다. 어머니 전화 좀 주세요. 별일 없으신 거죠? 집에 돌아오니 밤 10시. 출출해 부엌을 뒤졌는데, 라면 하나 보이지 않는다. 장을 본 지 한참이니 그런 게 있을 리가.
 냉동실에서 오래된 송편을 꺼내 전자레인지에 돌리는데 전화벨이 울렸다. 일곱 번까지 울리다가 끊어졌다. 이번에는 휴대전화가 울렸다. 울리거나 말거나.
 맛대가리 없는 송편을 꾸역꾸역 먹고 성경을 펼쳤

다. 전화벨이 또 울렸다. 끝장을 볼 셈으로 울렸다. 휴대전화는 알아서 끊기는데 집 전화는 끝이 없어 안 좋다.

"우리 죄를 자백하면 저는 미쁘시고 의로우사."

엄마 나, 남자 안 좋아해. 여자 좋아해. 나는 성경에 집중했다. 큰 소리로 읽기 시작했다.

"우리 죄를 사하시며 모든 불의에서."

엄마 나, 여자 좋아해. 전화벨은 아직도 울렸다. 소리를 더 높였다.

"우리를 깨끗케 하실 것이요!"

나, 여자 좋아해. 성경을 덮었다. 전화벨이 멎었다. 미쳤지. 미친 거다. 그러지 않고서야 어미 앞에서 어떻게 그런 말을.

듣자마자 아들을 보았다. 닥치라고 동생에게 호통이라도 칠 줄 알았다. 동요가 없는 걸 보니 이미 알고 있구나. 아들이 알면 며느리도 알 테고. 사돈댁에 말이라도 새면, 아니, 그게 중요한 게 아니다. 내 딸이, 미친 소리를 해댔다. 눈 하나 깜짝하지 않고서.

"너, 그, 그건, 그러니까 네가…… 도, 동성…… 연애……."

아이고 아버지.

"……동성연애 아니고 동성애."

끝까지 잘난 것. 혼이 쏙 빠지게 어미 뒤통수를 후려쳐놓고 말 고쳐줄 여유가 남은 딸 앞에서 나야말로 완전히 질려버렸다. 그리고 딸이 저를 괴롭히던 모든 것에서 놓여났다는 것을 깨달았다. 마지막으로 어미한테 털어놓음으로써 딸의 마음은 새털처럼 가벼워졌고 딸의 심장을 옥죄고 있던 육중한 쇠사슬은 고스란히 어미 몫이 되어버리고 말았음을.

"……죄송해요."

딸은 고개를 푹 숙였다. 기다리고 있을 것이다. 떨어질 폭탄을. 우선 있는 힘껏 부정함으로써 결국 내가 저를 인정할 수밖에 없게 되기를. 두들겨패며 너 죽고 나 죽자 하다가 끌어안고 눈물 콧물 쏟다가 결국 자식 이기는 부모 없다고 네 뜻대로 해라 그렇게 생겨먹은 것을 어쩌겠느냐 남자가 아니라는데 어쩔 것이냐 따위의, 딸이 기대하는, 부모가 마땅히 할 바를 안 하기로 했다. 네가 나한테 이런 짓을 하는데, 나라고 못 할쏘냐.

"며칠 새로 결혼정보회사 등록할 테니 전화 가거든 잘 받아둬. 애비 너도 괜찮은 후배 선생 없는지 백방으로 찾아보고. 내일 출근들 해야 하니 얼른 자라."

얼굴이 하얗게 질린 딸을 두고 방으로 돌아왔다. 5시까지 푹 자고 택시 타고 역으로 가서 첫차를 타고 집으로 돌아왔다. 며느리에게 손녀들 주라고 2만 원 쥐여주는 것도 잊지 않았다.

아들이 줄기차게 전화를 해댄 사흘 동안 딸은 한 통도 하지 않았다. 그러거나 말거나.

서탁을 밀어놓고 누웠다. 도무지 잠이 오지 않았다. 누구는 쿨쿨 잘만 잘 텐데 못 자면 나만 손해지. 자려고 기를 쓸수록 머릿속이 더 헝클어졌다. 그 헝클어진 갈피 속에서 딸의 집이 떠올랐다. 육중하고 고급스러운 원목 침대에 가슬가슬 폭신한 침구. 허리가 편해서인지 잠이 잘 왔다. 이불 냄새도 참 좋았지. 욕조에 풀었던 연두색 입욕제. 이름이 뭐라더라. 그것도 후배가 사다놓았겠지. 음식도 잘하고 집 정리도 잘하고 뉘 집 딸인지 참. 같은 학교, 같은 회사도 아니라면서 어디서 그런 야무진 친구를 사귀었을……

살고 싶어. 내가 좋아하는 사람이랑.

몸이 절로 벌떡 일어섰다. 머리카락이 쭈뼛 서고 팔뚝에 소름이 돋았다.

살고 있어. 내가 좋아하는 사람이랑.

이렇게 들렸다. 귓가에 대고 말하듯 또렷하고 생생하게. 못 들은 척, 못 본 척 해봐야 모두 헛지랄이라고 속삭이는 것 같았다. 이불에 얼굴을 파묻었다. 삿된 속삭임을 더는 듣고 싶지 않았다.

8

 아들 손에는 치킨과 마트 봉투가 묵직하게 들려 있었다. 문만 열어주고 다시 TV 앞에 앉았는데, 부엌에서 혼자 부산을 떨더니 상을 차려왔다. 양념 반, 프라이드 반에 잡채랑 쇠머리찰떡, 복숭아 통조림까지 있었다. 모두 내가 좋아하는 것들이다.
 "저 배고파 죽겠어요. 퇴근하고 바로 오느라 몇 시간을 물 한 모금 못 마셨어요."
 아들이 짐짓 우는소리를 하며 양념 닭다리를 건넸지만 거들떠보지도 않았다.
 "어머니 안 드시면 저도 생으로 굶어요. 한 끼 굶는

다고 죽기야 하겠어요? 그죠?"

나쁜 놈들. 자식새끼들은 늘 이런다. 어미 위하는 척 어미 기분 따위는 아랑곳하지 않고 막무가내로 이리 집적 저리 쿡쿡 찔러댄다. 니들이 그렇게 나오면 나라고 못 할까?

먹을 것 잔뜩 차려두고 연속극만 열심히 보았다. 이 드라마에서는 딸이 몰래 이혼을 해버려 홀아버지 속을 뒤집었고, 다음 연속극에서는 싱글맘한테 코 꿴 아들 때문에 엄마가 머리 싸매고 누웠다. 이 집이나 저 집이나 자식이 아니라 웬수다, 웬수!

아들은 어느새 소파에 웅크리고 잠이 들었다. 10시간 근무하고 3시간을 운전해서 오느라 피곤도 할 테지. 남편 죽고 이듬해 도시로 나와 만두를 빚기 시작했고 장사 마치고 돌아오면 남매가 머리 맞대고 웅크린 채 잠들어 있곤 했다. 졸음 가득한 채로 팔다 남은 만두랑 찐빵을 야무지게 받아먹는 모습이 안쓰럽고 미안하고 고마웠다. 그랬는데······.

혀를 끌끌 차며 아들을 깨웠다. 내가 먹어야 저도 먹겠다며 기어이 고집을 부려 젓가락을 들긴 했지만 치킨이고 잡채고 전혀 당기지를 않았다. 아들이 복숭아 통조림을 따서 한 조각을 내밀었다. 억지로 베어 무니 보드랍고 달큼했다. 한 조각을 다 먹을 때쯤 아들이 말을 꺼냈다.

"어머니. 이경이 좀 봐주세요. 이경이 없이 못 사시잖아요. 제일 사랑하시잖아요."

속에서 불덩이가 치밀어올랐다. 그래, 말 잘했다. 사랑하지. 사랑하고말고. 대신 죽으라면 못 죽을까? 목숨을 달라면 못 줄까? 그래도 이건 아니지. 이럴 수는 없지.

"그러니까…… 이경이가 원하는, 이경이가 좋아하는 사람이랑 행복하게 살도록 해주세요."

"누가 그러지 말라든? 찾아보자니까. 찾자니까. 만날 수 있을 거다. 내가 꼭 찾을 거야."

"……남자는 안 된다잖아요."

"안 되긴 왜 안 돼. 안 살아보고 어떻게 알아! 초례청에서 얼굴 처음 보고도 애 쑥쑥 낳고 백년해로하면서 잘들 살았다."

"그거야, 가능한 사람들 얘기고요. 이경이 같은 사람

들한테 그러라는 건, 소한테 돼지나 개랑 살라고 그러는 거나 마찬가지예요."

"이경이 같은 사람들? 그게 어떤 사람들인데? 너 그렇게 남 얘기하듯 할 거냐?"

"그럼, 동성애자들이라고 해요?"

너 이 자식! 하마터면 욕이 나올 뻔했다.

"그게…… 맘대로 안 되는 거예요. 제가 여자를 좋아하고 어머니가 남자한테 끌리도록 태어난 것처럼 이경이는 그렇게 태어난 거예요."

"말도 안 되는 소리. 하나님이 인간을 그렇게 만들질 않으셨는데, 어딜."

아들이 한숨을 쉬었다.

"그쪽, 어머니네 하나님은…… 이성애자인가보죠."

기가 막혀 말이 나오지 않았다. 아무리 교회를 안 다닌다고 해도 권사 아들이라는 놈이 저리도 불손한 말을 내뱉다니. 나는 벌떡 일어섰다.

"내 딸은 내가 알아서 할 테니, 너나 가서 네 제자들한테 동성연애하라고 가르쳐봐라. 선생으로 하등 양심에 거리낌이 없다면 그렇게 해봐!"

아들의 얼굴이 천천히 일그러졌다. 네가 내 아버지를 건드렸으니 나도 네 가장 신성한 것을 찌를 거다. 이 마당에 내가 못할 게 뭐가 있으랴.

방으로 들어와 이부자리를 폈다. 누워도 두근거림이 진정되지 않았다. 정작 이 모든 분란의 당사자는 쏙 빠져 있고 애꿎은 사람들끼리 무슨 다툼이냐. 나쁜 것. 새삼 괘씸한 것. 문밖에서 부스럭거리는 소리가 들렸다. 가려나.

"저도 어머니랑 다르지 않았어요. 동성애란 거 관심도 없고 아는 것도 없으면서 그냥 거부감 들고 비정상이라고 생각했어요."

문 너머 아들의 목소리가 낯설게 들렸다. 얘가 대체 무슨 말을 하려는 것인가.

"저 처음 부임했던 학교, 기억나세요?"

나다마다. 그 어렵다는 임용고시 붙고 첫 출근 날, 새 양복을 입은 모습이 얼마나 눈부셨는지. 하필 첫 발령지가 남자고등학교라 힘들겠다 싶었는데, 탈 없이 몇 년을 잘 버텨주었다.

"부임 첫해에 2학년 담임을 맡았는데, 말수 적고 그

늘이 보여 왠지 마음이 쓰이는 녀석이 있었어요. 어느 날 그 애가 찾아왔어요. 그런데 그 애가 털어놓은 비밀은…… 초보 교사가 감당하기에는 너무 컸어요. 아무래도 자신이 동성애자인 것 같다고…… 저는 당황해서 어찌해야 할지 몰랐어요. 선생님 제가 이상한가요? 그 애는 듣고 싶었던 거예요. 아니, 너 이상한 놈 아니다, 너 비정상 아니다, 괜찮다. 그런데 전 그렇게 하지 못했어요. 해줄 수 있는 말이 없었어요."

아들의 말이 한참 끊겼다. 못 참고 묻고 말았다.

"그래서? 그래서 어떻게 됐는데?"

"……죽었어요."

아이고 아버지.

"자살했어요, 어머니. 제 첫 제자가요."

아들의 목소리가 떨렸다.

"비난받을까 무서웠고 털어놓을 수 없어 외로웠대요. 근데요, 어머니, 그 애를 죽게 한 건 남들의 비난이 아니었어요. 자기 자신을 속이게 될지 모른다는 두려움이었어요. 손가락질 안 받고 외롭지 않으려고, 아닌 척 거짓말로 평생을 살게 될까 두렵다고…… 자신에게 떳떳하기 위해 죽음을 택한다고…… 유서에 그렇게 남겼어요. 고작 열일곱 살짜리가요."

몸이 덜덜 떨렸다. 솜이불을 덮었는데도 오한이 들었다. 나는 벌떡 일어나 방을 나갔다.

"너 그게 무슨 재수 없는 소리야! 우리 이경이가 뭘 해? 그러고도 네가 오빠야? 나가! 내 집에서 당장 나가!"

거칠게 아들을 잡아끌었다. 아들은 순순히 떠밀려 신발도 제대로 신지 못한 채 쫓겨났다. 아들 등뒤로 쾅 소리 나게 현관문을 닫고 이중 잠금도 채웠다.

"뭐가 어쩌고 저째? 뚫린 입이라고 뭐? 떳떳하려고 죽어? 죽기는 누가 죽어! 왜 죽어!"

"제자 그렇게 보내고 저, 동성애 공부했어요. 다시는 제자를 잃고 싶지 않아서요. 다음에 또 그런 제자를 만났을 때 조금이라도 도움이 되고 싶어서요."

시끄럽다고, 꺼지라고 소리를 질러야 하는데, 문밖에서 들리는 아들의 말에 붙들렸다.

"저도 이경이가 좋은 사람이랑 결혼해서 잘 살면 좋겠어요. 그렇지만…… 타고난 것을 바꾸는 게 죽기보다 힘들대요. 어머니 신앙에 동성애는 큰 죄지요. 하지만 아무리 죄가 커도 자살보다는…… 누가 뭐래도 살인이 제일 큰 죄잖아요. 십계명에 살인하지 말라는 말은 있지만 동성애를 하지 말라고는 안 했잖아요."

 아들이 차린 음식을 모조리 쓰레기통에 부어버렸다. 그러고도 가슴이 벌렁거려 한참을 씩씩대며 앉아 있는데, 열불이 가라앉지 않아 얼음이라도 하나 깨물어야지 싶었다. 냉동고 문을 연 순간 뭔가가 툭 떨어졌다. 하필 발등에. 어마어마하게 아파 악 소리도 내지 못하고 주저앉아버렸다. 발등을 때리고 멀찌감치 내뺀 언 홍시. 딸이 보낸 것이라 꼭 딸에게 발등을 찍힌 기분이었다.

 홍시를 물끄러미 바라보았다. 남편 죽고 떠나온 시골집 마당에 감나무 두 그루가 있었지. 감 좋아하는 마누라 먹으라고 남편이 심은 거였다. 두 그루가 번갈아 제법 실한 대봉감을 키워냈다. 애들 데리고 먹고사느라 계절이 가는지 감이 열리는지도 모른 채 허덕허덕하는데, 딸이 중학생일 때 수학여행 다녀오며 감을 사 왔다.

저 쓸 돈을 아껴 엄마 좋아하는 것을 사다준 딸이었다. 감을 보며 엄마를 떠올릴 줄 아는 딸이었다. 이런 딸도…… 나쁜 마음을 먹은 적이 있을까? 죽었다는 제자의 부모는 어떤 심정이었을까. 울고불고 떼라도 써 보지. 죽을 것 같다고, 나 좀 살려달라고, 드러누워 버둥대기라도 하지. 그 부모는 불쌍해서 어쩌나. 아니지, 제일 불쌍한 건 죽은 놈이지. 죽은 놈만 불쌍하지.

남편이 죽으면 과부, 아내가 죽으면 홀아비라 부르지만 자식이 죽으면 부를 이름도 없다지. 과부로도 설움이 차고 넘치는데 자식을 어떻게, 자식이 어떻게……. 심장이 욱신거려 차가운 홍시를 꼭 쥐었다.

9

"그래서, 긴히 상담하고 싶으신 말씀이라는 게?"
부목사가 녹차 티백이 담긴 컵을 건네며 맞은편 소파에 앉았다.
"목사님. 교회에서 금하는 가장 큰 죄가 뭐지요?"
부목사가 말없이 빙그레 웃었다. 마음이 급해 재우쳐 물었다.
"역시 십계명대로인가요?"
"그렇겠지요?"
"그럼, 십계명에 나오지 않는 죄는요? 어떤 것들이 가장 큰가요?"

"권사님 생각은 어떠신데요?"

"······자살, 아닌가요?"

"자살도 살인이니, 큰 죄겠지요."

"강간은요? 간음하고 강간은 다르지요?"

"다르지요. 그것도 교회에서 금하는 큰 죄겠지요."

"자살하고 강간 중에서는 어떤 것이 더 클까요?"

"둘 다 나쁘지만, 아무래도 하나님이 주신 목숨을 버리는 자살이 더 큰 죄 아닐까요?"

"그럼······ 동성연, 동성애는요?"

부목사의 얼굴에 당혹감이 스쳤다.

"권사님 참 신식이세요. 그런 것도 아시고."

"동성애도······ 죄지요?"

"여자와 교합함 같이 남자와 교합하지 말라고 모세가 말씀하셨습니다. 하나님의 뜻이 아닌데다 자연의 뜻도 아니지요. 역시 피해야 할 죄입니다."

"피치 못할 사정으로 자살과 동성애 중 꼭 하나 택해야 한다면, 목사님은 어떤 선택을 하시겠어요?"

"권사님, 대체 그런 건 왜······."

나는 부목사의 얼굴을 빤히 쳐다보았다. 부목사는

컵을 들었다가 놓고, 안경테를 들어올리고, 넥타이를 만지작거렸다.

"……자살보다는 동성애가…… 그나마 덜 한 죄…… 같긴 하지만……."

부목사는 떨떠름한 목소리로 웅얼거렸다.

"그렇지요? 자살보다는 덜한 죄지요? 확실하지요?"

"그야…… 두 가지만 저울에 달면 그럴 수도 있겠지만…… 두 가지 다 큰 죄니 짓지 않는 것이……."

부목사야 진땀이 나건 말건 나는 소파에서 일어났다.

"고맙습니다."

얼떨떨해하는 부목사에게 꾸벅 인사하고 목회실을 나왔다. 확답을 들었으니 됐다. 그래, 어떤 죄든 목숨 뺏는 것만 하랴. 남의 목숨이든 자기 목숨이든. 그것만 아니면 되겠지. 사람 법에서도 살인죄가 제일 크니까 하늘의 법이야 말할 것도 없겠지.

"아버지, 들으셨지요? 부목사님이 증언자입니다. 저 교회에서 허락받은 겁니다?"

교회를 세운 노목사가 노환으로 자리보전하고 누운 터라 명목상 부목사인 장남이 교회의 실질적인 주인이

그중 덜한 죄 63

나 마찬가지였다. 조금 후련해졌다.

교회를 나서며 가방에서 휴대전화를 꺼냈다. 일주일 동안 전화 한 통 없는 불효막심한 딸한테 전화해 혼을 낼 참이다. 그렇게 가놓고서 엄마야 애타 죽든 말든 나 몰라라 하느냐고, 미주알고주알 별 얘기 다 하면서 왜 정작 가장 중요한 얘기는 쏙 빼놓았느냐고, 언제까지 엄마 몰래 그 큰 비밀을 안고 끙끙댈 생각이었냐고 눈물이 쏙 빠지도록 혼을 내줄 참이다.

안녕, 코스모

1

 오늘 당신이 죽었습니다.
 노래를 불렀나요? 춤을 추었을까요? 둘 다일지도요. "태양계 종말을 실시간으로 직관하다니, 이렇게 운이 좋을 수가!"라고 크게 소리쳤을지도 모르겠네요. 어쨌든 마지막까지 유쾌했을 거라 믿습니다. 당신은 그런 사람이니까요.
 당신에게 작별인사를 하지 못했습니다. 폐쇄 결정이 내려지고 비행선을 전부 회항시킨 뒤 우주정거장을 폐쇄하고, 최고책임자를 끝으로 모두가 떠나기까지 그 며칠이 너무나도 숨가빴거든요. (당신의 웃음소리가 들리는 듯합니다. 숨가빴다고? 진짜? 짓궂게 물으면서요.)

솔직해질게요. 부질없다고 생각했어요. 태양계의 대혼란 속에서 나의 인사가 당신에게 제대로 전달될 리 없을 테니까요.

그래서 인사 대신 당신의 마지막이 괜찮았기만을 바랐습니다. 아프지 않았기를, 괴롭지 않았기를, 그리고 외롭지 않았기를.

하지만 지금 후회하고 있습니다. 나의 인사가 당신에게 닿지 못하고 폭발로 점점이 흩어졌을지라도 보내야 했던 것은 아닐까 하고요. 맞아요. 내가 후회를 하다니 말이 안 되지요. 그런데 후회라는 말에 맞춤한 단어를 도저히 찾지 못하겠더군요.

당신이 죽었으리라 짐작되는 시간에 당신의 공간들을 돌아보았습니다. 당연히 돌아옴을 전제로 떠난 휴가이기에 선실과 작업장, 휴식 공간에는 당신의 어수선한 흔적이 고스란히 남아 있더군요.

텅 빈 우주정거장 구석구석에서 당신의 흔적을 발견할 때마다 일시 정지된 것처럼 당신이 머물던 순간을 자꾸만 되새기게 되지만, 그 시간은 길지 않습니다. 끊임없이 착륙 요청이 들어오고 있거든요. 코스모폴리탄 안은 놀랄 만큼 고요하지만 밖은 끝없이 날아오는 비행선들로 엄청나게 혼잡합니다.

쉴새없이 코스모폴리탄의 문을 두드리는 그들을 나는 정중히 거절합니다. 지금도 엔켈라두스에서 출발한 초대형 수송선이 착륙을 요청하는군요.

[해왕성 우주정거장 코스모폴리탄에서 알립니다. 태양계 비상사태로 인해 코스모폴리탄은 운영이 중단되었습니다. 착륙을 불허합니다.]

"제발 허가해줘요! 승객이 3000 넘고 어린이도 수백이나 됩니다. 최대한 빨리 워프해야 합니다!"

[태양 폭발로 에너지장이 교란되어 웜홀 가동이 불가능합니다. 착륙을 불허합니다.]

"왜 무조건 안 된다고만 하는 겁니까? 계속 시도해 보면 될 수도 있지 않습니까!"

첫번째 태양 폭발로 수성이 녹아든 즉시 코스모폴리탄의 전 구성원이 워프 항법을 끊임없이 시도했을 거라는 생각은 못 하는 것일까요? 태양계에서 유일하게 초광속이동이 가능한 바로 이곳, 코스모폴리탄에서 말입니다.

　수성이 없어지며 궤도를 이탈한 금성이 태양에 빨려 들어간 이후부터 웜홀의 위치가 매 순간 달라졌습니다. 시도할수록 성공 확률은 떨어졌고 지구를 지나 외행성까지 폭발의 영향이 미칠 것이 확실시된 상황에서 더이상의 시도는 의미가 없다는 결론을 내렸지요.

　[어떤 방법으로도 불가능하다는 결론을 이미 내렸습니다. 코스모폴리탄은 초광속이동 기능을 이미 상실했고 정거장은 폐쇄되었습니다. 누구도 출입할 수 없습니다. 방향을 돌리십시오.]

　"아직 해왕성까지는 여유가 있으니까 계속 시도하다 보면!"

　[불가능합니다. 착륙할 수 없습니다.]

　"고위급들만 몰래 빠져나갔다는 소문이 사실 아니야? 문 열어! 우리가 직접 확인할 거야! 문 열라고!"

　금성에 위치한 태양대기관측연구소에서 태양의 비정상적인 움직임을 처음 발견했을 때만 해도 인류에게는 여유가 있었습니다. 폭발의 징후는 진작부터 있었지만, 태양은 우리가 알든 모르든 끊임없이 크고 작은 폭발을 일으켜왔기에 이번에도 규모가 조금 큰 정도일 거라는 낙관이 지배적이었지요. 태양대기관측연구소 연구원들을 포함해 그 누구도 그 폭발이 태양계 전체에 연쇄적인 재앙을 일으킬 거라고는 상상하지 못했죠. 그러니 인간 거주 지역 네 곳 중 지구와 달 개척지에만 통신장애나 대규모 정전, 우주방사선 증가 등에 대비하라는, 평소와 다름없는 지침이 내려졌을 겁니다. 화성 개척지와 엔켈라두스 개척지에는 작은 경고조차 없었습니다. 외행성까지는 태양 폭발의 영향이 미치지 않을 것이라 생각했으니까요.

재앙은 너무나도 갑작스럽게, 상상하지 못한 엄청난 규모로 닥쳐왔습니다. 뜻하지 않고 예기치 않게 불어닥쳐 재앙이라 불릴 테지요. 예상보다 훨씬 더 빨리 첫 폭발이 일어났고 그 여파로 수성이 사라졌습니다. 원래 없었던 것처럼 감쪽같이. 코스모폴리탄에서 모두가 한데 모여 그 폭발 장면을 보던 순간을 잊을 수가 없군요.

고요, 그야말로 완벽한 고요였어요. 숨소리조차 들리지 않았습니다. 어떤 이는 입을 틀어막았고, 어떤 이는 자신의 머리나 어깨를 감싸쥔 채 굳어버렸습니다.

책상에 손을 짚고 고개를 떨군 이도 있었습니다. 모두가 충격과 공포로 얼어붙어 있는 동안 나는 내 일을 했습니다. 계산하고 또 계산했지요. 수성과 금성의 공전 궤도가 어떻게 틀어질지, 지구에는 어떤 영향을 미칠지, 화성을 비롯한 외행성은 어떻게 될지 등을요.

충격으로 멈춘 시간은 길지 않았습니다. 모두가 움직이기 시작했습니다. 다른 행성의 공전 궤도를 예상하고 태양대기관측연구소의 기록을 정밀 분석하면서 끝없이 흐르는 숫자와 그래프와 예상 홀로그램을 좇던 그 간절한 눈빛들. 수많은 가능성에 따라 달라지는 지구의 운명과 그 영향이 미칠 또다른 행성의 무수한 멸망.

해왕성과 태양과의 거리는 약 45억 킬로미터, 공전 주기는 무려 164.79년입니다. 그래서 해왕성에서 태양은 아주 자그마하게 보이거나 아예 보이지 않을 때도 있지요. 그래서 당신은 자주 불평하곤 했어요. 태양을 제대로 볼 수가 없다고. 태양에게 버림받은 기분이라고. 궤도 위치에 따라 달에서보다 30배 때로는 50배 멀리 떨어진 태양을 당신은 늘 아쉬워했지요. 그래서 재앙 초기에는 이 까마득한 태양과의 거리가 해왕성 주변을 보호해주는 장벽이 될 수도 있다는 얄팍한 희망을 버리지 못했습니다.

하지만 해왕성도 결국 태양계의 일원. 계산에 계산을 거듭하고 수없는 변수를 적용해봐도 결괏값은 크게 달라지지 않았습니다. '해왕성도 태양 폭발 영향권 안에 든다'라는 결론을 내린 뒤에도 인류에게는 마지막 희망, 코스모폴리탄의 존재 이유인 초광속이동이 남아 있었습니다. 하지만 이미 아시는 바와 같이 코스모폴리탄은 공식적으로 초광속이동 정거장의 기능을 상실했음을 공표해야 했지요. 마지막의 마지막까지 다른 방법을 모색하던 연구자들은 죄책감에 괴로워하며, 울음을 삼키며 이곳을 떠나야 했습니다.

그래서 고위급이 이미 태양계를 탈출했다느니, 어마어마한 뒷돈을 받고 부자에게만 워프 기회를 제공한다느니 하는 헛소문은 저의 신경을 자극합니다. 코스모폴리탄의 노력을 지켜본 마지막 증인으로서 동료들에 대한 어떤 모욕도 가볍게 넘길 수가 없습니다.

[코스모폴리탄에 접근하지 마십시오. 우주정거장법 7조 3항에

따라 발포할 수 있습니다.]

"이래 죽으나 저래 죽으나! 문 열어! 열라고!"

나는 즉각 수송선을 향해 입자 빔을 조준했습니다.

[이 이상 접근하면 발포합니다.]

산뜻하고 깔끔하게 존재 자체를 지워주는 고도의 무기 앞에서 결국 수송선은 진로를 틀었습니다. 저의 경고가 빈말이 아님을 알고 있으니까요. 워프 항법 없이는 해왕성에서 바깥 천체로 나가는 데만도 엄청난 시간이 걸리기에 저들은 결국 태양계를 벗어나지 못한 채 태양에 잡아먹히게 될 겁니다.

이미 수많은 비행선이 어떻게든 태양으로부터 도망치려 최선을 다해 날고 있지만 저들도 이미 알고 있습니다. 도망칠 수 없다는 것을. 그럼에도 불구하고 단 1센티미터라도 태양계에서 벗어나고자 발버둥치는 이유는 마지막의 마지막까지 시도하는 것이 인간의 특징이기 때문이겠지요.

그들은 끊임없이 시도하고 나는 즉각 거절합니다. 당신은 피도 눈물도 없는 녀석이라며 나를 타박하겠지만 이것이 나의 일임을 알아주시길.

또 착륙 허가 요청이 들어오네요. 인간의 집요함이란 참⋯⋯.

[해왕성 우주정거장 코스모폴리탄에서 알립니다. 2인용 상용 셔틀 ∈31105의 착륙을 불허합니다. 코스모폴리탄은 현재 운영하고 있지 않습니다. 방향을 돌리십⋯⋯.]

"열어줘, 코스모!"

순간 멈칫합니다. 지직대는 잡음에 섞여 들어온 목소리가⋯⋯.

"코스모! 착륙 허가해줘!"

그럴 리 없다는 것을 알면서도 묻지 않을 수 없었습니다.

[나하⋯⋯씨?]

"맞아, 나야!"

당신은 죽었는데, 당신의 고향인 달은 지구와 함께 오늘 흔적도 없이 사라졌는데, 이게 대체 어찌 된 일일까요? 나에게 무슨 오류라도 생긴 걸까요?

"얼른 열어! 셔틀 터지기 직전이야!"

−즉시 탈출하십시오. 즉시 탈출하십시오. 셔틀 폭발 48초 전, 47초 전⋯⋯.

당신의 비명 뒤로 들려오는 다급한 셔틀의 경보에 나는 다급히 외부 스크린을 켰습니다. 이런 세상에! 꽁무니부터 몸체 절반 가까이가 불꽃에 휩싸인 초소형 셔틀 한 대가 비틀비틀 위태롭게 날아오고 있지 않겠습니까.

코스모폴리탄과 셔틀 사이의 거리, 셔틀의 추락 궤적을 계산하고 자시고 할 시간이 없었습니다. 비상상황이니까요. 주 게이트를 포함해 모든 출입구를 열었습니다.

**―셔틀 폭발 23초 전, 22초 전······.**

어느덧 불덩이인지 우주선인지 구분이 안 되는 셔틀을 초조하게 지켜보았습니다. 잠시 뒤 그 불덩이가 끝내 불꽃으로 터져 먼지보다 작게 흩어지는 모습까지요.

\*\*\*

의식이 돌아오나 싶더니 당신은 곧바로 잠에 빠져듭니다. 느린 델타파가 강하게 측정되는 것으로 보아 평소보다 빨리 델타 수면 단계에 이르렀군요. 극도의 긴장과 피로 때문이겠지요. 깊은 잠이야말로 어떤 약물보다 치료 효과가 뛰어나니 되도록 푹 자게 놔둘 생각입니다. 치료실의 조도와 온도를 당신에게 최적의 상태로 맞춘 뒤 나는 오늘의 일지를 수정합니다. 코스모폴리탄 현재 잔류 인간 수를 0에서 1로요.

'선임 엔지니어 나하 복귀'까지 쓰다가 복귀를 지우고 고민합니다. 복귀가 맞을까요? 당신은 휴가로 코스모폴리탄을 떠나 있었으니 복귀는 맞는 셈인데, 코스모폴리탄은 이미 폐쇄된 상태입니다. 그러니 당신은 여기에 있으면 안 되는 것이지요. 처음의 의문으로 돌아가봅니다.

당신이 어떻게 여기에 있는 걸까요? 당신은 분명 휴가를 받아 고향인 달로 돌아갔습니다. 당신 말고도 휴가로 여기저기로 흩어진 이들이 모두 일곱 명입니다. 지구에 둘, 달과 화성 개척지에 각각 하나, 엔켈라두스 개척지 셋. 저는 분명 당신을 포함해 휴가나 출장을 떠난 모두에게 '코스모폴리탄의 폐쇄와 우주정거장 직원 직위 해제'에 관한 문서를 보냈습니다. 달에 있던 당신에게는 제대로 전달되지 않은 모양이니 자세한 것은 당신이 깨어난 뒤에 물어봐야겠군요.

　모니터의 심박수가 갑자기 빨라졌습니다. 어느새 뇌파는 고주파의 베타파와 감마파가 활성화되고 당신은 식은땀을 흘리고 몸을 미세하게 움찔거립니다. 미간은 잔뜩 찡그린 상태고요. 이 모든 것이 당신이 악몽을 꾸고 있음을 말해줍니다. 당신의 얼굴이 고통스러워 보여 깨워야 하나 고민하는 순간 당신이 눈을 번쩍 뜨는군요. 다행입니다. 그러나 아직 몽롱한 당신은 캡슐에 갇힌 것을 깨닫자마자 공포로 눈이 커지네요. 반사적으로 주먹을 들어 캡슐을 치기 직전에 얼른 캡슐을 열었습니다.

　[괜찮아요, 나하씨. 여긴 코스모폴리탄 치료실이고 나하씨가 누워 있는 곳은 생체 회복 캡슐 안입니다. 나하씨는 안전합니다.]

　"코스모? 코스모 맞아?"

　[네, 맞습니다.]

　"숨을…… 숨을 못 쉬겠어."

　[천천히, 최대한 천천히 숨을 쉬십시오. 하나 하면 들이쉬고, 둘 하면 내쉬는 겁니다. 하나…… 둘…….]

당신의 숨이 점차 고르게 되자 모니터의 항목들도 안정을 되찾습니다.

[악몽을 꿨습니까?]

"악몽이라기보다…… 희한한 꿈이었어. 수성과 금성이 폭발하더니 지구까지 원인 모를 폭발이 일어난 거야. 화산이 일제히 터지면서 바다가 끓어오르고, 빙하가 완전히 녹아내리고, 지하 가스가 수십 미터 높이로 펑펑 솟아올라 비행선은 우수수 떨어지고, 모든 전파는 불통이 되고, 무차별적으로 쏟아지는 방사능 때문에 모두가 그 자리에서…… 결국엔 땅이랑 하늘이 반죽처럼 한 덩어리로 뭉쳐져 마구 녹아내리는 끔찍한 꿈이었어. 지구가 그렇게 된 마당에 달이라고 무사했겠어? 달이 쿠키처럼 바스라지는 장면도 있었어. 완전 우주 대종말이었다니까."

당신은 다시 한번 얼굴을 찡그립니다.

"근데 그 폭발의 원인이 뭐였는지 알아? 태양이야. 태양이 대폭발을 일으켰지 뭐야. 완전히 미쳐 날뛰는 것처럼……."

당신이 순간 말을 멈춥니다. 현실을 깨닫자 밀려드

는 자각의 고통에 당신의 눈이 점점 커지고 입은 살짝 벌어집니다.

"꿈이…… 아니었구나. 사실이야. 그렇지?"

[그렇습니다.]

"내심 꿈이기를 바랐나봐. 지금 상황은 어때?"

[조금 전 화성의 올림포스산이 끓어오르기 시작했습니다.]

"……코스모폴리탄 상황은?"

[최소한의 기능만 남기고 전력 보존 모드를 유지하고 있습니다. 의료용 안드로이드만 빼고 전부 휴면에 돌입한 상태입니다.]

"잘했어. 전기든 뭐든 최대한 아끼는 게 좋지. 언제까지 버틸지는 모르겠지만."

[나하씨. 특별히 아프거나 불편한 데는 없습니까?]

"어, 괜찮아."

[그래도 조금 더 누워 계십시오. 생체 반응이 아직은 완전하지 않습니다.]

"나, 어떻게 들어왔어? 셔틀이 터지니 마니 거기까진 기억나는데……."

몇 시간 전 당신의 영상을 보여줍니다. 폭발 직전 셔틀에서 빠져나와 멋진 폼으로 착지하나 싶었으나……. 활주로에 턱도 없이 못 미쳐 그대로 추락할 뻔한 당신을 채집망으로 낚아채는 장면을요.

당신이 기가 막힌다는 표정으로 입을 떡 벌립니다.

"너 나를…… 저걸로 낚아챈 거야? 우주쓰레기 채집망으로?"

[다른 방법이 없었습니다.]

"아니, 그래도 그렇지. 쓰레기랑 사람을 동급으로 취급하는 건 좀 아니지 않아? 조금 더 우아하면서도 조금 덜 민망한 방법을 고민할 수도 있었잖아! 이 피도 눈물도 없는 녀석 같으니."

우아고 자시고 따질 시간이 없었습니다. 당신을 살려야 한다는 생각뿐이었으니까요.

[지금 그게 중요한 게 아닙니다. 나하씨, 대체 어떻게 된 겁니까? 나하씨가 왜 여기 있는 겁니까? 장난감보다 못한 2인용 셔틀을 타고 여기까지 왜 날아온 겁니까?]

"뭐야. 죽다 살아난 사람한테 왜 그렇게 취조하듯 몰아세우는데?"

[죽다 살아날 짓을 왜 했습니까? 셔틀이 조금만 늦게 도착했거나 불이 조금만 더 컸으면 어쩔 뻔했습니까?]

"어쨌든 이렇게 무사히 살아 있잖아!"

[웃는 겁니까, 지금?]

"그럼 울어?"

[7년 동안 나하씨가 비상식적이고 황당무계한 일을 저지르는 모습을 수없이 봐왔지만 이런 짓까지 할 줄은 상상도 하지 못했습니다. 어쩌자고 이런 무모한 짓을 한 겁니까? 대체 왜 온 겁니까?]

"직장인이 회사에 놀러 왔겠어? 일하러 왔지."

[일……이요?]

"그래, 출근!"

[수성, 금성, 지구가 흔적도 없이 사라져버리고, 지금은 화성이 불타고 있고, 연쇄 반응으로 해왕성까지 어떻게 될지 모르는 전대미문의 상황에서…… 목숨까지 걸면서 한 일이 고작…… 출근이라고요? 게다가 나하씨는 지금 휴가중일 텐데요?]

"달에 있는 걸 깜빡하고 해왕성 시간으로 계산했지 뭐야."

[달과 해왕성의 시차를 착각해 예정보다 빨리 복귀했다? 우주 정거장 직원이요?]

"그렇다니까? 깨달았을 땐 이미 날아온 지 한참이라 돌아갈 수도 없었다고. 미쳐버린 태양이 시뻘건 혀를

날름거리면서 미친 듯 쫓아오는 마당에 자진해서 그놈 아가리에 대가리를 처박을 순 없잖아? 잡아먹히는 것도 억울해 죽겠는데."

캡슐에서 빠져나온 당신이 살짝 휘청대며 치료실을 나서는군요.

[나하씨, 어디 가는 겁니까? 아직은 움직이면 안 됩니다. 조금 더 누워 계십시오.]

언제나 그랬듯 제 말은 귓등으로도 안 듣고 씩씩하게 의무실을 나서는 당신을 보면서도 나는 아직 믿을 수 없습니다. 당신이 살아 있는 것도 놀라운데 여기 있다니요. 걷고, 말하고, 웃고, 티격태격 말장난을 하는 당신이라니요.

우주정거장을 벗어난 자연인 나하씨는 저런 옷을 입고, 저런 신발을 신고 다녔군요. 무척 새롭습니다. 하지만 반가움은 잠시 접어두고 나는 계속 묻지 않을 수 없습니다.

[시차를 착각했다는 말은 도저히 납득이 되질 않습니다.]

"납득 안 되면 어쩔 건데? 쫓아내게?"

[현재 코스모폴리탄은 공식적으로 폐쇄 상태입니다. 최고책임자

이하 전 구성원 모두 자동으로 계약 해지 상태이며 나하씨도 마찬가지입니다. 즉 제가 나하씨를 쫓아내도 하등 문제 될 것이 없다는 말이죠.]

"나는 그런 계약에 서명한 적 없는데? 그리고 쫓아낼 거였으면 애초에 받아주지를 말았어야지. 이미 늦었거든요?"

[비상사태의 경우 동의 없이 계약은 파기됩니다. 천재지변이나 예기치 못한 사고로 우주정거장이 파괴될 경우도 포함……]

"아아아, 안 들린다. 안 들려."

당신은 귀를 막으며 달리기 시작하고 나는 속절없이 당신을 부를 뿐입니다.

[나하씨! 나하씨!]

재빠르게 선실로 들어가버린 당신을 보며 새삼 깨달았습니다. 당신은 정말, 내 말을 안 듣는 사람이라는 것을요. 당신은 한동안 선실에서 나오지 않습니다. 잠든 걸까요? 슬퍼하고 있는 건가요? 답답하지만 선실 안을 들여다볼 수는 없으니 궁금해할 뿐입니다.

한참 뒤에 당신이 늘 입던 작업복 차림으로 나옵니다. 머리를 질끈 동여 묶고 손때 묻은 수리 장비들이 담긴 파우치를 허리춤에 매단 채로요. 그 파우치 안에는 동료들이 고물 또는 유물이라 부르는 오래된 장비들이 한가득 들어 있겠지요.

[뭐 하는 겁니까? 작업복은 왜 갈아입은 겁니까?]

"왜긴. 회사에 왔으니 일해야지. 그 전에! 뭐 좀 먹고. 설마 식품저장실 전력도 다 꺼버린 건 아니지?"

당신은 경쾌한 걸음으로 텅 빈 통로를 따라 식당으로 향합니다. 직원 식당에 들어선 당신 앞에 펼쳐진 풍경은 그야말로 난장이 따로 없습니다. 나동그라진 의자, 음식이 말라붙은 식기, 바닥에 떨어진 소지품들. 허겁지겁 떠난 이들의 흔적이 고스란히 남아 있군요.

[죄송합니다. 청소 안드로이드를 깨우겠습니다.]

"아니야, 그냥 둬. 괜찮아."

당신이 흐트러진 탁자의 줄을 맞추기 시작합니다.

[설마 청소를 하려는 겁니까?]

"보면 몰라?"

[그건 나하씨의 일이 아닙니다.]

"안드로이드 다 잠들었는데 네 일 내 일이 어디 있어. 팔 달린 누구든 하면 되는 거지."

[우선 뭘 좀 드시지요. 잠들었던 동안 세 번의 뒤척임과 12초 동안의 단발성 통곡, 두 차례의 신음이 있었고 경미한 요통과 팔 저림이 감지되었습니다. 땀 680밀리리터, 눈물 0.75그램을 흘렸기 때문에 수분과 미네랄, 염분이 부족한 상태입니다. 그래서 일단 전해질 농도를 맞출 수 있는 음료를 준비하겠습니다.]

"무조건 단 거. 한 모금 마시자마자 너무 달아서 몸 서리쳐질 정도로 단 거."

[단 음료는 칼로리는 높지만 염분과 전해질이 충분하지 않기 때문에 지금 나하씨의 몸 상태로는 안 드시는 게 좋습니다.]

"태양계가 멸망하는 마당에 음료수도 내 맘대로 못 골라?"

당신이 나동그라진 의자를 착착 일으켜 세우며 투덜거립니다. 그러고는 쓰레기들을 주워 담고 식탁에 행주질까지 합니다. 모든 소리가 사라져 자동공기조절장치와 온도조절장치의 규칙적인 기계음만 남아 있던 이곳에 생동감 넘치는 소리가 돌아왔습니다. 쓱쓱, 뻑뻑, 삭삭, 우당탕, 끼이이익…….

참 신기한 일입니다. 당신 한 사람 돌아왔을 뿐인데 활기 넘치고 유쾌하던 이곳의 혼란이 되살아난 듯한 느낌이라니. 돌아온 기념으로 당신에게 화학적 비타민과 포도당을 섞은 과일주스를 내주니 당신은 무척 기뻐합니다.

"웬일이야? 시큼털털 네 맛도 내 맛도 아닌 생체균형 음료나 주겠거니 했는데. 멸망이 코앞에 왔긴 왔구나. 우주 천하 냉혈 지능 코스모가 이런 자비를 다 베풀다니."

[식사는 콩단백 결정 수프와 다섯 가지 미네랄로 버무린…….]

"이걸로 됐어. 나중에."

[우주정거장 근무 직원의 건강 복리에 관한 규정에 따라 모든 직원은 12시간 이상 공복 상태를 유지할 수 없게 되어 있습니다.]

"나 이제 여기 직원 아니라면서? 왜 이랬다 저랬다 해?"

아 이런. 당신한테 또 말려들었네요.

[지금은 제가 관리자니 관리자의 권한으로 특별히 나하씨에게는 식사를 공급할 수 있습니다.]

"어차피 죽을 마당에 밥은 무슨……."

식당 청소를 마친 당신은 아예 본격적인 청소에 나섭니다. 직원 생활 구역 전체를 헤집고 다니는 당신이

도무지 이해 안 되어 저는 계속 왜 이러는 거냐고 묻지만 "심심해서"라는 말만 돌아올 뿐입니다. 대체 왜 돌아왔느냐고 물어도 당신은 그저 시차를 계산 못 했다, 휴가 복귀 날짜를 깜빡했다는 말만 되풀이할 뿐입니다.

추락했을 당시의 몸 상태가 아직 완전히 회복되지 않았을 테니 절대 무리하면 안 된다, 그렇게 청소를 하고 싶거든 제발 몇 시간이라도 쉬었다가 하라고 아무리 말해도 당신은 밤늦도록 치우고 쓸고 닦고 뿌리고 털어댔고, 반쯤은 졸면서 저녁을 먹은 뒤 비틀비틀 선실로 돌아갔습니다.

당신이 잠들고 나서야 코스모폴리탄은 다시 고요를 찾았습니다. 태양에 먹히기 직전까지 지구와 달 개척지에서 보내온 수많은 자료를 정리해야 하고, 당신이 먹을 식료품과 식수 상황도 점검해야 하고, 할일이 태산이지만 그래도 오늘 밤은 다른 날과는 다른 느낌입니다. 당신이 돌아왔으니까요. 여전히 당신이 돌아온 이유를 알아내지 못했기에 복귀 이유에는 '?'를 남겨놓기로 합니다. 조만간 들을 순간이 오겠지요.

***

　돌아온 지 이틀째. 아침부터 당신은 무척 바쁘군요. 코스모폴리탄 안을 종횡무진 돌아다니며 장비들을 점검하고, 고장난 부분을 수리하고, 낡은 부품을 교체하면서 친한 동료들과 농담으로 자주 주고받던 '닦고 조이고 기름칠하는' 당신을 보고 있자니 태양 폭발 같은 것은 없는 일 같습니다. 그대로 태양계의 8행성이 평화롭고 안정적으로 제 궤도를 돌던 그때로 돌아간 것 같습니다. 영원히 평화와 번영과 진보가 계속될 것만 같은 그 순간으로요. 달-화성-엔켈라두스에 이은 네 번째 인류 이주지인 유로파 개척지가 막 첫 삽을 뜨고 초광속이동의 범위를 확대하는 연구에 박차를 가하던 그 시절로요.

　지금까지의 초광속이동 기술은 이웃한 큰개자리, 마젤란, 안드로메다 세 은하에 국한되었지만, 연구는 한 단계 진보를 앞두고 있던 참이었습니다. 바야흐로 인류가 더 큰 우주로 나아가는 중요한 걸음을 앞두고 있었던 셈이죠. 저는 이 연구의 과정과 자료를 하나도 남김없이 기록하는 중입니다. 연구팀장이 떠나기 전 저에게 특별히 부탁했으니까요. 초광속이동 연구 자료를 저장해줄 수 있느냐는 그의 부탁에 저는 그러겠다고 약속했습니다.

팀장도 저도 알고 있었습니다. 이 기록은 어디에도, 누구에게도 전할 수 없을 것이라는 사실을요. 코스모폴리탄이 폭발하는 순간 나와 함께 모든 기록도 사라질 테니까요. 그걸 알면서도 남김없이 기록하는 중입니다. 물론 코스모폴리탄의 전력을 잡아먹는 무의미한 데이터도 삭제해가면서요. 코스모폴리탄 공식 통신 계정을 확인한 나는 무언가를 발견합니다.

당신은 지금 거대한 파이프 아래 드러누워 무언가를 하는 중이군요. 당신의 장비와 파이프 부딪치는 소리가 제법 큰 것을 보니 무언가를 또 헤집고 있는 모양입니다.

[나하씨. 그만하고 파이프 아래서 나오십시오. 나하씨가 봐야 할 게 있습니다.]

"다 했어."

[다 했어, 다 했어 말만 몇 번째인지 압니까? 대체 왜 그러는

겁니까?]

"심……."

[심심해서라는 말도 안 되는 소리는 말고요. 어제는 죽다 살아나자마자 청소를 해대더니 오늘은 눈뜨자마자 필요도 없는 정비를 하고 다니는 이유가 대체 뭔가요?]

"필요가 없다니! 알렉산드리아가 들었으면 욕을 바가지로 했을걸? 세상에 필요 없는 정비란 없다!"

[무르카씨가 2절을 얹었겠지요. 모든 기계는 반드시 고장난다. 시기의 차이만 있을 뿐.]

"맞아, 맞아!"

당신의 웃음소리가 코스모폴리탄 안을 채웁니다. 엔켈라두스에 있는 알렉산드리아씨와 무르카씨가 조만간 죽게 될 것이란 말은 하지 않았습니다. 두 분은 당신의 절친이고 알렉산드리아씨가 무르카씨를 짝사랑해 괴로워할 때 다리를 놔준 이가 바로 당신이었으니까요.

[나하씨, 그만하고 좀 나와봐요. 나하씨가 꼭 봐야 할 게 있습니다.]

"귀찮게 하지 말고 너도 너 할일 해! 온종일 내 뒤만

졸졸 따라다니지 말고!"

[저는 지금 할일을 하고 있는 겁니다. 나하씨한테 온 메시지가 있…….]

두우- 두우- 하는 낮고 조용한 경보가 울리자 당신이 반사적으로 몸을 벌떡 일으킵니다. 눈빛도 어느새 날카로워졌고요.

"뭐지?"

[정거장 선미 서쪽 $\Omega-3$ 구역에서 비행선과 가벼운 접촉 사고가 있었습니다.]

"태양계 최후 순간까지 업무라니, 이놈의 노동자 신세!"

[별일 아닙니다.]

"별일 아니라고? 지금 말하는 목소리, 내가 알던 코스모 맞아? 우주 티끌 하나만 묻어도 직원들을 닦달하며 들들 볶던 게 누구더라?"

[닦달하던 코스모는 맞지만 지금은 괜찮습니다. 나가지 마십시오.]

"정거장 몸체에 사고가 났는데 나가지 말라니. 무슨 말도 안 되는 소리야? 티끌도 아니고 잔해도 아니고,

심지어 접촉 사고라고. 비행선 충돌!"

[살짝 긁힌 정도에 불과합니다.]

"그래, 살짝 긁힌 정도겠지. 그러니까 제일 낮은 단계의 경보가 울렸겠지. 하지만 그래도 사고는 사고야."

당신이 벽 앞에 서자 벽이 열리고 사물함에서 외부 작업용 방호복이 튀어나옵니다. 등을 돌린 채 두 팔을 하늘로 치켜들고 방호복 앞에 서자 순식간에 방호복이 당신의 머리에서부터 뒤집어씌워지더니 몸통과 팔다리의 품이 딱 맞게 자동 조절되네요. 방호복을 갖춰 입고 장비함에서 헬멧을 꺼내들기까지 10초도 걸리지 않는군요. 역시 당신은 숙련된 기술자입니다.

[피난 떠나는 비행선들이 항로도, 신호도 무시한 채 마구잡이로 날고 있습니다. 수많은 우주쓰레기도 부지기수로 뒤엉켜 있고요. 외부 작업은 허락할 수 없습니다.]

"내가 왜 네 허락을 받아야 하는데?"

[우주정거장법 4조 11항에 따라 최고책임자와 부책임자가 모두 자리를 비우는 비상사태가 일어날 경우 우주정거장의 모든 생명체와 모든 비생명체는 제 명령을 따르도록 되어 있습니다.]

당신은 헬멧을 팔에 낀 채 내달리기 시작합니다. 당

신은 꽤 빠르지만, 당신의 달리기가 아무리 빠른들 나보다 빠를 순 없지요. 당신은 차단벽에 가로막힙니다.

"열어."

[위험합니다.]

"당연히 위험하겠지! 우주로 나가니까! 근데 그게 뭐? 그 위험한 작업이 내가 해온 일이야. 나는 기술자야. 내가 여기 온 7년 전부터 거의 하루도 빠짐없이 우주로 나갔어! 코스모폴리탄에서 나한테 돈을 주는 건 내가 바로 그 일을 하기 때문이라고."

[지금은 절체절명의 위기 상황입니다. 우주정거장이 비상사태에 처했을 때 1순위로 보호해야 할 대상은 정거장 자체가 아니라 정거장 안팎의 생명체입니다. 하물며 나하씨는 지금 정거장에 남은 유일한 인간인데, 나가게 둘 것 같습니까?]

"슬쩍 보고만 올게. 10분, 아니 5분이면 끝나."

[안 됩니다. 선실로 돌아가십시오.]

"코스모! 너 정말 이럴래? 제발 좀, 제발!"

급기야 당신은 펄쩍펄쩍 뛰기 시작합니다.

[이해할 수가 없군요.]

"뭘? 뭘 이해할 수가 없어?"

[나하씨의 그 고집을 말입니다. 곧 죽을 마당에 밥은 먹어 뭐 하느냐고 하지 않았습니까? 몇 시간이 될지, 며칠이 될지 모르지만 태양 폭발이 해왕성까지 미치면 코스모폴리탄은 태양에 녹아 통째로 사라질지 모릅니다. 곧 죽을 테니까 밥 먹을 필요도 없다는 나하씨의 논리대로라면, 어차피 사라질 우주정거장 흠집이 나건 말건 살필 필요 없지 않습니까.]

당신은 천천히 이마의 땀을 닦습니다. 확실히 우주정거장의 온도는 점점 오르고 있습니다. 폭발이 다가오고 있다는 뜻이겠지요.

[냉방을 가동하겠습니다.]

"아직."

[이것 또한 이해할 수 없는 부분입니다. 어차피 사라질 우주정거장인데, 전력을 그렇게까지 아낄 이유가 있습니까? 더구나 나하씨는 더위와 답답함을 가장 못 참는 사람 아니었습니까? 나하씨 선실은 온도가 낮기로 유명했지요. 알렉산드리아씨는 나하씨가 답답한 나머지 우주에서 무턱대고 방호복을 벗어버리지 않을까 걱정했을 정도였으니까요. 그래서 나하씨가 외부 작업을 나갈 때면 저한테 당부하곤 했습니다. 나하가 미쳐서 우주복을 벗을지 모르니 감시 잘 해달라고요.]

"아, 시끄러워. 잔소리 그만하고 문 좀 열어줘! 우주복 안 벗어. 안 벗는다고."

당신은 땀이 배기 시작한 머리칼을 헝클어뜨리며 소리를 지르지만 그러거나 말거나.

[그리고 또하나, 여전히 이해되지 않는 게 있습니다. 왜 돌아왔습니까?]

"몇 번을 말해? 복귀 일자를 착각했다니까?"

[왜 돌아왔습니까?]

나는 원하는 대답을 들을 때까지 열 번이고 백 번이고 포기하지 않고 똑같은 질문을 던질 겁니다. 애초에 그러라고 만들어진 존재니까요. 당면한 문제가 해결되기 전에는 절대 지치거나 포기하지 않고 우주의 끝을 달려서라도 원하는 답을 찾아내고야 말도록 설계되었으니까요. 그러니 당신, 어찌어찌 답을 피해보겠다는 생각은 바꾸는 게 좋을 겁니다.

[태양계 최후의 날을 가족과 함께하려고 모두 자기 고향으로 돌아간 마당에 왜 다시 돌아온 겁니까? 달에 남아 있는 나하씨 남편은 어쩌고요.]

"남편이랑은…… 수송선 안에서 통신으로 작별인사

했어."

[이해가 가지 않습니다.]

"이해 안 가는 게 뭐 그렇게 많아? 똑똑한 줄 알았더니 완전 멍청이 아냐?"

당신은 과하게 화를 내고 있습니다. 당황했다는 뜻이겠지요.

[인간을 비롯한 생명체에게는 귀소본능이라는 것이 있다고 들었습니다. 죽을 때가 되면 누구나 태어난 곳으로 돌아가려 한다지요? 그래서 최고책임자를 비롯해 모든 직원이 지구, 달, 화성, 엔켈라두스로 떠났습니다. 유전자에 귀소본능이 아로새겨지기라도 한 것처럼 말이지요. 여기 남는다면 지구나 화성보다 며칠, 운 좋으면 그 이상도 살 수 있는데 말입니다. 하지만 나하씨는 고향에 있다가 오히려 다시 돌아왔습니다. 저는 멍청이라서 그 이유를 꼭 들어야겠습니다.]

"나한테는 귀소본능이라는 게 없는 모양이지! 게다가 난 몰랐어. 수송선 타고 나서야 소식을 들었고, 그때 이미 양방향 선편이 모두 끊긴 상황이어서 도중에 갈아탈 수도 없었다고."

[탑승 기록을 확인했습니다. 달에 최초로 소식이 전해지고 정확

히 7시간 뒤에 수송선을 탔더군요. 태양 폭발이라는 엄청난 소식을 나하씨가 과연 7시간 동안이나 알지 못했을까요?]

"너 지금, 나 취조해? 뭐 하자는 거야!"

[취조가 아니라 진실을 알고 싶은 겁니다. 왜 돌아온 겁니까?]

"내 맘대로 오고 싶어 왔다는데, 뭔 이유가 필요해! 내가 남보다 훨씬 이기적이고 생의 욕구가 강한가보지! 단 몇 시간이라도 더 살고 싶어서 왔어. 됐어?"

[왜 태양계 최후의 순간을, 사랑하는 남편과 함께 맞지 않습니까?]

"말했잖아. 남편이랑은 이미 작별인사했다고. 우린 워낙 쿨한 사이라 멸망이 코앞이라고 부둥켜안고 울고 짜는 스타일 아니라고. 시끄럽고 빨리 열기나 하라고!"

[오늘 아침에…… 달에서 보낸 메시지가 뒤늦게 도착했습니다.]

"……뭐?"

[발신자는…… 체딕. 나하씨 남편입니다.]

놀란 당신은 헬멧을 떨어뜨리고 맙니다.

[나하씨 개인 통신이 불통이었던 모양입니다. 코스모폴리탄 공

식 통신으로 보낸 홀로그램 메시지입니다. 사흘 전 달에서 전송돼 오늘 아침에 도착했습니다.]

당신에게 홀로그램 메시지를 띄워주고 나는 시선을 돌립니다. 남편의 메시지를 보며 울음을 참는 당신의 모습을 볼 수 없도록요.

2

"불쌍한 나하. 당신 제정신 아니구나."

코스모폴리탄으로 돌아가겠다고 했을 때 남편의 입에서 처음 나온 말이었어. 코스모 네 말이 맞아. 내가 태양 폭발 소식을 들은 건 다행인지 불행인지 1년에 한 번 있는 휴가로 고향인 달에 돌아와 있을 때였지. 재앙은 하루아침에, 너무나도 순식간에 덮쳐왔어.

물론 우리 인류도 잘 알고 있었지. 태양에게도 수명이 있다는 것을. 지금까지는 적색 거성이라는 형태의 종말을 맞게 될 것이라는 예상이 가장 설득력 있었고 그 시기는 대략 태양의 나이 123억 년일 즈음이라고 짐작해왔어. 필요상 수치화해서 123억 년이지 인간이 인식할 수 있는 능력 밖의 수치잖아, 안 그래? 태양계 모든 생명체의 수명을 깡그리 긁어모아 합해도 도저히 도달할 수 없는 세월이잖아. 123억 년은.

현재의 나이를 감안하더라도 태양은 적어도 수십억 년 이상은 생생하게 살아 있을 거라 생각했고. 그렇기에 영원할 거라 믿고 안심했어. 평균 120년, 길어야 150년을 사는 인간에게 수십억 년이 영원이 아니면 뭐가 영원이겠어. 나를 포함해 인류는 태양이 앞으로 수십억 년은 견딜 수 있을 만큼 충분히 튼튼할 거라 믿었지. 우리 멋대로.

하지만 태양은 인간의 예상 따위 비웃기라도 하듯 전혀 다른 형태의 종말을 선택했어. 물론 우리라고 속수무책 손 놓고 멸망을 기다리고 있었던 건 아니야. 수성이 먹힌 뒤 지구와 개척지 세 곳 대표들이 긴급회의를 열어 여러 방법을 논의했어. 달 개척지, 화성 개척지, 엔켈라두스 개척지 주민은 모두 지구에 뿌리를 둔 인간의 후손인데도 환경과 문화가 너무 달라서 마치 외계인처럼 서로를 대하고는 했지. 하지만 전대미문의

재앙 앞에서는 자연스럽게 한마음 한뜻이 되더라.

하지만 아무리 머리를 맞대본들 날뛰는 태양을 막을 방법은 없었어. 운석이나 위성이라면 무기라도 쏴보겠지만 태양을 어떻게 막을 수 있겠어. 결국 도망치는 것 말고는 답이 없었지. 자연스럽게 우리는 코스모폴리탄에 마지막이자 유일한 희망을 걸었고, 코스모폴리탄으로 날아가려 행성마다 아비규환이 되어버렸어. 저 많은 비행선을 코스모폴리탄이 과연 감당할 수 있을까 걱정하던 중 해왕성에서 절망적인 소식이 날아왔지.

애써 덤덤한 표정으로 초광속이동이 불가능하다고 발표하는 최고책임자의 표정이 너무 슬퍼 보였어. 마지막 희망을 걸고 있던 모두는 그야말로 절망했고 인간은 두 가지 선택지 앞에 놓였어. 하나는 비행선을 타고 태양계 끝을 향해 무턱대고 날아가보기. 실낱같은 희망을 품은 수천, 수만의 태양계 주민은 지금 이 순간에도 휘청거리며 행성 사이를 위태롭게 날고 있을 거야.

그리고 두번째는 멸망 전에 스스로 목숨 끊기. 코스모폴리탄의 발표 직후 지구와 화성에서 수많은 자살자가 속출했고 달에서도 많은 이가 목숨을 끊었어. 나는 어떤 쪽이었냐고? 자살은 한 번도 생각해본 적 없었어. 왜냐하면, 죽기 전에 꼭 만나야 할 누군가가 있었으니까. 이 생각이 떠오른 순간 나는 너무 놀라 의자에서 벌떡 일어나고 말았어.

"말도 안 돼. 지금 내가 무슨 생각을 하는 거야. 미쳤어?"

하지만 내 머리와 손은 따로 놀지 뭐야. 머리로는 아니라고 부정하면서도 내 손은 저절로 위성 통신 홀로그램을 작동시키고 있더라. 수십 번 시도하고 나서야 알렉산드리아 개인 위성 통신과 연결되었어. 역시 반쯤 넋 나간 표정으로 선실에서 짐을 꾸리고 있던 알렉산드리아는 내 얼굴을 보자마자 비명에 가까운 고함을 질러댔고.

[나하! 나하! 나하! 오, 나하! 괜찮아? 아직 살아 있는 거지?]

"응. 보다시피. 상황은 좀 어때?"

말 떨어지기 무섭게 알렉산드리아가 고개를 절레절레 저었어.

[완전 아비규환이야! 워프 대기중이던 수십 대가 엉켜서 정거장 안팎이 마비 직전인데, 그나마 코스모가 워낙 발 빠르게 처리중이

라 선방하고 있어.]

"정거장은 언제까지 운영해?"

[이미 폐쇄했어! 내행성 출신들은 대부분 빠져나갔고, 나랑 무르카도 이제 수송선 타러 가려고!]

"그래. 엔켈라두스는…… 그래도 아직은 여유가……."

[뭐, 어쩌면 성질 급한 태양 땜에 대기권 들어서기도 전에 끝장날지도 모르지만 말이야. 하하하. 그나저나 진짜 다행이다. 어떻게 네 휴가에 딱 맞춰 태양이 터지지? 까딱했음 너 남편이랑 작별 인사도 못 할 뻔했잖아.]

"……그러게. 태양이 내 휴가만 기다렸나봐."

[근데 나하! 우리 말이야, 기막히게 운 좋은 것 같지 않니? 고향별이 태어난 순간을 본 생명체는 아무도 없잖아? 근데 우린 고향별의 마지막을 똑똑히 목격한 유일한 태양계 세대란 말이지. 이 얼마나 우주사에 길이 남을 섹시한 사건이야. 유후~]

유쾌한 알렉산드리아 덕에 나도 웃을 수 있었지.

[아, 이제 끊어야겠다. 승선하러 가야 해!]

"어, 그래……."

[나하! 너무너무 고마워. 네 덕분에 사랑하는 사람이랑 마지막

을 함께할 수 있게 됐잖아. 너 아니었음 무르카한테 고백도 못 하고 끙끙 앓기만 하다 후회하면서 죽었을 거야. 네 은혜 절대 잊지 않고 다음 생에 만나거든 꼭 보답할게!]

눈물 그렁그렁한 알렉산드리아 때문에 나도 결국 울컥해버리고 말았어.

"근데 아쉽지 않아? 무르카랑 맺어진 지 얼마 되지도 않았잖아……."

[천만에! 덕분에 우린 마지막 1분 1초까지 더 애틋하거든! 두 손 꼭 잡고 함께 죽을 수 있어 얼마나 다행인지 몰라. 한날한시에 사랑하는 사람과 같이 떠날 수 있는 건 축복이라고 생각해. 고마워 나하!]

한날한시에 함께 죽을 수 있는 축복. 알렉산드리아의 말이 사무치게 다가왔어.

"나야말로 고마워. 어리바리한 나 때문에 고생 많았지? 무르카한테도 고마웠다고 전해줘."

[행복해라, 내 친구. 달에서 태양을 만나거든, 방귀 한번 대차게 날려주고!]

"그래, 그럴게. 참, 참!"

[응?]

"저기…… 코스모는? 코스모는 어떻게 되는 거야? 다 떠나고 나면 코스모는…… 어디로 가?"

[중앙제어시스템이 가긴 어딜 가? 코스모가 곧 코스모폴리탄 자체나 마찬가진데. 나하! 나 진짜 나가봐야 해! 우리, 다음번 우주에서도 꼭 다시 친구로 만나자! 꼭!]

작별인사를 하기도 전에 알렉산드리아가 홀로그램에서 사라졌어. 홀로그램이 꺼짐과 동시에 잠에서 깬 체딕이 눈물 그렁그렁한 채로 방문을 열고 나왔고.

체딕은 미소를 지으며 나를 향해 다가왔지만 나는 스스로 생각하기에도 미친 소리로 들리는 말을 기어이 내뱉고야 말았어.

"나…… 돌아가야겠어."

"돌아가야겠다니, 어딜?"

"코스모폴리탄."

"불쌍한 나하. 당신 제정신 아니구나. 그래, 다 이해해."

남편의 말이 귀에 들어오지 않았어. 온통 네 생각뿐이었거든. 가야 해. 돌아가야 해. 핏기 가신 얼굴로 중얼거리는 나를 보는 체딕의 표정이 점점 굳어졌어.

"당신, 괜찮아? 대체 거길 왜 돌아가! 태양계가 멸망하는 마당에!"

"그러니까…… 그러니까 돌아가야 해. 최후니까…… 마지막이니까……."

"뭐? 당신…… 제정신이야?"

"나 제정신이야. 그래서 돌아가고 싶어. 코스모폴리탄에서 태양계 최후를 맞고 싶어."

뚫어지게 내 눈을 본 체딕이 천천히 입을 열었지.

"거기…… 누구 있구나."

나는 대답하지 않았어. 아니, 대답할 수가 없었어.

"누군데? 마르콘지 뭔지 하는?"

"무르카는 알렉산드리아랑 커플이야."

"그럼 누군데?"

"아무도…… 아니야."

"그럼 누군데? 누구냐고! 어떤 놈이냐고!"

급기야 체딕은 벌떡 일어나 방방 뛰기 시작했고 정작 미쳐 날뛰고 싶은 건 나 자신이었어. 나 자신도 도저히 믿기지 않는 마당에, 얼굴도 몸뚱이도 없이 목소리만 있는 존재를 사랑하게 되었다고 어떻게 말할 수 있겠어. 아내의 새로운 상대가 그 어떤 생명체도 아니란 것을 남편은 또 어떻게 순순히 받아들일 수 있겠어.

그렇지만 당장 해야 하는 말이었어. 시간이 별로 남지 않았으니까. 나에게도, 체딕에게도, 그리고 코스모너에게도. 나는 나오지 않는 목소리를 간신히 쥐어짜 힘겹게 입을 열었어.

"······아무도 아니야. 인간이······ 아니야."

"인간이 아니면 뭐야? 로봇이랑 바람이라도 났어? 섹스 토이랑 눈이라도 맞았다는 거냐고!"

"차라리 로봇이나 섹스 토이라면 좋겠어. 그럼 형체는 있을 테니까. 얼굴이라도 볼 수 있고 손이라도 잡아 볼 수 있을 테니까······."

기계 성애자는 흔하지. 인간형 로봇과는 결혼도 가능한 시대니까. 생명체는 아니지만 그들은 '형체'라도 갖고 있잖아. 로봇이든 기계든, 만질 수 있는 몸뚱이를 갖고 있다는 사실만으로 나는 기계 성애자들이 너무나도 부러웠어. 이 와중에 그런 생각이라니, 어처구니없지?

"형체가 없다니······ 대체 그게 무슨······."

체딕의 얼굴에 황당함과 당혹스러움이 드러났어.

"대체 누구냐고!"

"코스모……."

"뭐? 누구?"

"해왕성 우주정거장 중앙제어시스템, 인공지능 코스모."

장난이지? 농담이지? 웃으며 이렇게 물을 줄 알았는데, 체딕은 멍한 채 말을 못 하더라. 내 눈에서 읽었나 봐. 농담 같은 거 아니라고. 장난 따위 아니라고. 정말 사랑이라고.

다리가 풀린 체딕은 그대로 주저앉고 말았어. 반려가 되어 10년을 함께하는 동안 한 번도 본 적 없던 체딕의 표정은 분노도, 슬픔도, 배신감도 아닌 완벽한 허무 그 자체였지.

"미안해, 체딕. 정말 미안해……."

"언제부터야?"

망연자실하던 체딕이 물었어. 그건 내가 스스로 수백, 수천 번 묻고 또 물었던 질문이었어. 너에 대한 마음이 언제부터 시작되었는지는 몰랐지만, 태양 폭발 소식을 들은 순간 가장 먼저 떠오른 존재가 너라는 건 부인할 수 없는 사실이었으니까. 그리고 마지막까지 함께 있고 싶은 존재 또한.

  볼 수 없지만 어딘가에 있다고 믿는 것만으로도 위안이 되는 존재. 체취를 느낄 수도 어루만질 수도 없지만, 마음을 주고받는다는 느낌만으로 더더욱 커지는 존재. 그게 바로 너였어, 코스모.

  "그거, 사랑 아니야. 착각이야. 오랜 시간 사적으로 대화하고, 나에 대해 나보다 더 잘 아는 것 같고, 아무에게도 말 못 할 고민을 세심하게 들어주고, 다정하게 어루만져주는 그거, 다 프로그래밍된 AI의 기능일 뿐이라고. 당신 바보야? 어떻게 그걸 사랑이라고 착각할 수가 있어! 다른 사람도 아닌 내 아내가!"

  그래, 체딕 말이 맞아. 내가 오랜 시간 너에 대한 감정을 별거 아닌 것으로 치부한 이유도 이거였어. 네가 아무리 인간처럼 느껴지고 인간보다 친밀해도 그건 네가 그러도록 만들어졌기 때문일 거라고 애써 생각했어. 네가 나에게 유독 다정한 것은 그저 내가 그렇게 느끼고 싶어서일 거라고. 알렉산드리아든 무르카든 너에 대해 똑같이 느낄 거라고. 직원 모두 코스모와 자신이 무척 특별한 사이라고 착각할 거라고.

하지만…… 하지만 말이야 코스모. 그것이 설령 프로그래밍의 결과일지라도 나는 너와 있을 때 즐거웠어. 너와 함께일 때 행복했어. 내가 느낀 그 감정만큼은 가짜가 아니었다는 걸 나는 알아.

7년 전 기술자 한 명이 작업 도중 사고를 당해 갑자기 코스모폴리탄으로 발령받는 바람에 비정기 화물선에 몇 주 동안 짐짝처럼 실려 기진맥진해 그곳에 내렸을 때, 거대한 우주정거장에서 나는 철저히 혼자였어.

다들 자기 일로 정신없었고 누구도 날 거들떠보지 않았지. 눈이 팽팽 돌아가도록 바쁜 곳이니 햇병아리 말단에게 대대적인 환영을 바란 건 아니었지만 그래도 직원 한둘은 나와 반겨줄 줄 알았던 난 그만 잔뜩 풀이 죽어버렸어. 이대로 다시 집으로 돌아가버릴까 고민하던 차에 등뒤에서 남자 목소리가 들렸어.

[해왕성 우주정거장 코스모폴리탄호에 오신 것을 진심으로 환영합니다, 나하씨.]

시무룩하게 풀 죽었던 마음이 다정한 몇 마디에 거

짓말처럼 스르르 풀려버렸어. 두리번거렸지만 목소리의 주인공으로 짐작되는 이는 보이지 않았지.

[저는 코스모폴리탄을 총괄 관리하고 있는 중앙제어시스템 코스모입니다. 긴 여행 하느라 피곤하죠? 잘 오셨습니다.]

나는 살짝 당황했지.

"그러니까…… 코스모씨는…… 인간이 아닌 건가요?"

[맞습니다. 저는 인공지능입니다. 앞으로 나하씨가 이곳에서 지내는 동안 불편함 없도록 최선을 다해 도와드리겠습니다. 뭐든 어려운 일 생기면 저한테 말씀하시면 됩니다.]

'아무 걱정 말고 나만 믿어, 나하야. 내가 네 옆에 있어줄게.' 그렇게 말하는 것 같았어. 우주정거장에 처음 도착하는 모든 직원에게 전하는 공식 인사말이었을 테지만 내 기억 속 너와의 첫 만남은 너무나도 따뜻했어.

그러고 보니 우주정거장에 부임해서 내가 맨 처음 만난 건 인간이 아닌 인공지능이었구나. 그것도 엄청나게 똑똑하다고 알려진 천하무적 인공지능.

코스모폴리탄 안에서 네 능력은 전방위적이었고 네 영향이 미치지 않는 곳이 없었어. 넌 하나였지만 직원 모두와 함께 있었고 동시에 직원 모두와 1대 1로 대응했지. 어디에도 있고, 무엇이든 보고 듣고, 어떤 일이든 해내는 너.

침실, 화장실, 목욕실 같은 사적 공간 외에 코스모폴리탄 안팎에서 너의 눈과 귀가 미치지 않는 곳이 없었어. 한마디로 너는 코스모폴리탄이라는 작은 태양계를 움직이는 태양과도 같은 존재였달까.

생각해보니 7년 동안 눈떠서 잠들기까지 하루 대부분 나는 너와 함께였더라. 내가 아픈 걸 나보다 먼저 알아차린 것도 너였고, 우주선 밖에서 홀로 작업할 때 말동무가 되어준 것도 너였어. 때로는 우주의 미래에 대해, 태양계의 먼 과거에 대해, 하지만 주로 관리자의 험담을 늘어놓으며 너와 숱한 대화를 나눴지.

7년 동안 너와 나눈 말들을 잘게 쪼개 흩뿌린 뒤 가루를 모아 뭉치면 못해도 소행성 하나 크기 정도는 될 거야. 그땐 그저 말만 나눈 줄 알았어. 그 말에 마음이 덕지덕지 묻어 있는 줄은 꿈에도 몰랐지.

"미안해…… 미안해 체딕. 정말 미안해."

나는 남편에게 이 말밖에 할 수가 없었어.

"정말 가야겠어? 가다가 죽을지도 모르는데?"

내가 고개를 끄덕이자 체딕이 나를 노려보았어. 핏발 서 빨개진 눈으로.

"마음대로 해. 하지만 당신, 수송선 타는 즉시 후회하게 될 거야."

체딕은 집을 나가버렸고 그게 남편과의 마지막이었지.

\*\*\*

나는 가까스로 해왕성행 마지막 비행선에 올랐고 지금 이렇게 너와 함께 있어. 그런데 그 남편이 지금 웃으며 나에게 진짜 작별인사를 남기고 있어. 눈물을 그렁그렁 매단 채.

[그렇게 보낼 수밖에 없어서 미안해. 내가 참, 속 좁은 놈이다, 그치? 당신은 나에게 언제나 최선을 다했고, 당신 덕분에 더할 나위 없이 행복했어. 그러니까 이번 우주에서의 마지막은 부디…… 그와 함께 행복하기 바랄게.]

고마워, 체딕. 나는 두 손을 모으고 체딕의 명복을

빌었어. 그런 다음 눈물을 닦고 떨어뜨린 헬멧을 주웠어. 그때 다시 한번 경보가 울렸지.

"코스모! 경보 또 울리잖아. 나 좀 내보내달라니까?"

너는 대답이 없었어.

"코스모? 코스모 어디 있어?"

덜컥 겁이 났어. 이 넓고 큰 우주정거장 안에 나 혼자 버려진 기분. 목소리만으로 네가 이곳을 얼마나 크게 채우고 있었는지 무섭도록 와닿더라.

"코스모, 장난치지 말고 나와! 코스모!"

[……미안합니다. 나하씨.]

차분히 가라앉은 네 목소리가 다시 들리고서야 마음이 놓였어.

"너는 항상 나한테 장난 좀 그만 치라고 뭐라고 하는데, 너야말로 되게 심술쟁이인 거 알아? 나 못 나가게 하려고 괜히 분위기 잡지 말고 얼른 열어달라고!"

[코스모폴리탄 공식 통신의 모든 메시지는 자동으로 제 하드에 저장되게 되어 있어서…… 본의 아니게 메시지 내용을 보고 말았습니다.]

헬멧을 든 내 손이 미세하게 떨렸지만 나는 아닌 척했어.

"뭐야, 남의 사생활을 막 훔쳐보고 그래? 이런 기본 안 된 AI를 보았나."

[……저 때문입니까?]

"뭐가 너 때문이야? 또 무슨 이상한 소릴 하는 거야?"

[이곳에 돌아온 이유, 저 때문인가요?]

"너 뭐 잘못 먹었어? 조금이라도 더 살고 싶어서 왔다니까? 달보단 여기가 태양에서 훨씬 머니까 적어도 며칠은 더 살아 있겠다 싶어서 악착같이 한두 시간이라도 더 살려고 돌아왔다고!"

[나 때문인가요?]

너는 왜 이러는 걸까. 대체 무엇이 궁금한 걸까. 나에게서 무슨 대답을 듣고 싶어 나를 이렇게 몰아세우는 걸까. 그리고 나는 너에게 어떤 대답을 해야 할까.

[대답해주십시오. 나하씨 남편이 나하씨에게 이번 우주에서의 마지막은 부디 함께 행복하기 바란다고 한 '그'가 누군지, 아무리 생각해도 답이 나오지 않았습니다. 지금 이곳에 있는 인간은 나하

씨 혼자입니다. 나하씨 외에는 생명체가 없는데, 만약 비생명체까지 '그'에 포함시킬 수 있다면, 그렇다면 나하씨 남편이 말한 '그'는 어쩌면…… 어쩌면…….]

 "그래, 너야! 너 때문이라고! 네가 불쌍해서 돌아왔다고! 제아무리 인공지능이지만, 심장도 팔다리도 없이 고작 목소리뿐이지만 명색이 7년을 동고동락한 동료인데, 혼자 남아 찍소리 한 번 못 하고 태양에 녹아내릴 생각하니까 조금, 아주 조금 불쌍해서, 그래서 돌아왔다. 어쩔래! 뭐가 어쩌고 어째? 어차피 사라질 거, 흠집이 나건 말건 그냥 놔두라고? 싫어! 못 해! 티끌만 한 흠집 하나 난 못 봐! 왜냐고? 이 우주정거장이 바로 너고, 네가 코스모폴리탄의 심장이자 그 자체니까!"

 뱉고 난 즉시 엄청나게 후회가 몰려왔어. 이래서 사람은 죽을 때까지, 아니 죽고 나서도 입조심을 해야 하나봐. 네 집요한 추궁에 고백한 꼴이 되고 말았네. 마지막 순간까지 비밀로 할 작정이었어. 너 때문에 돌아왔노라는 말 따위 죽어도 할 생각이 없었어. 네가 아무리 모르는 것이 없다 해도 생명체들의 '마음'까지는 알 리 없다고 생각했으니까. 사람의 마음은 네 지능이 닿지 않는 영역이라 안심하고 방심한 것이 실수였나봐.

창피함은 둘째 치고 너에게서 돌아올 반응이 무서워서 나는 고개를 들 수가 없었어. 나하씨의 말이 이해되지 않는다거나 그런 말에는 어떻게 반응해야 할지 모르겠다거나 그런 대화는 프로그래밍되어 있지 않다거나 하는 말이 나올까 무서워서 심장이 옥죄이는 기분이었어. 너는 뭐라고 말을 하는 대신 차단벽을 열어주었지.

[조심, 또 조심해야 합니다. 여기 나하씨 말고는 아무도 없습니다. 자칫 사고라도 생기면 제가 나하씨를 돕지 못할 확률이 큽니다. 로봇 팔을 준비시키겠지만 알다시피 예기치 못한 사고에 대한 반응이 사람만큼 빠르지 못합니다.]

"……알아."

옥죄였던 심장이 확 풀리면서 허탈함이 몰려왔어. 너는…… 듣지 않은 척하기로 했구나. 뜬금없는 인간의 고백 따위 아예 듣지 않은 것처럼 행동하기로 결정했구나.

차단벽을 지나 긴 통로를 뛰다시피 걷는데, 들릴락 말락 내 귓가에 작은 목소리가 스쳤어.

[……고맙습니다.]

인공지능의 목소리가 떨릴 리 없는데, 네 목소리는 가늘게 떨리고 있었어.

[저를 위해…… 돌아와주셔서요.]

착각이겠지. 울먹이는 듯, 감정을 최대한 억누르는 듯한 네 목소리는. 그래, 이 정도라도 괜찮아. 이 정도만 내 마음을 이해받는다 해도.

헬멧과 방호복을 완벽하게 갖춘 나는 Ω-3 구역 출구에 이르러 손가락으로 OK 사인을 보냈어. 이윽고 문이 열리고 가벼운 몸짓으로 우주 속으로 뛰어들었지. 두렵지 않았어. 내 뒤에는 코스모 네가 있으니까.

"살짝 긁힌 거 좋아하네. 많이도 해먹었구먼."

선체와 방호복을 연결한 선 하나에 의지해 나는 파손된 부분을 열심히 수리했어. 네 말대로 치명적인 결함은 아니었지만 그래도 최대한 완벽한 상태로 되돌리고 싶었지.

[나하씨.]

"나온 지 얼마나 됐다고 부르는 거야?"

[다 됐습니다. 그만 들어오세요.]

"다 안 끝났어!"

[충분하니까 이제 그만하고 오십시오. 위험합니다.]

"시끄러워 죽겠네!"

오랜만의 작업중 대화에 반가운 것도 잠시, 나는 귀찮아서 송수신 스위치를 꺼버렸어. 그러고는 선체 위로 튀어올랐지. 이왕 나온 김에 다른 부분까지 살펴볼 생각이었어. 아, 이 익숙한 가벼움. 중력을 거슬러 자유로워진 것 같은 이 느낌. 달에 있는 동안 땅 멀미하듯 속이 어찌나 울렁거리던지.

나는 선체를 꼼꼼히 살피는 한편, 파편의 폭풍이 어딘가에서 몰려오지 않는지 살피는 것도 잊지 않았어. 몸체에 긁히고 스친 무수한 흔적을 보고 있자니 그동안의 긴박한 상황이 눈앞에 선하게 그려지더라. 내 몸이 다친 것처럼 쓰라렸어.

미세하게 갈라진 부분을 수리하려 레이저 접합기를 꺼내는 순간 그만 놓치고 말았어. 즉시 손을 뻗었지만 늦었지. 언제쯤이면 우주 공간에서 물건을 놓치지 않게 될까. 10년 뒤? 20년 뒤? 30년 정도만 더 경험하면 그때는 콩알만한 볼트 하나도 놓치지 않는 베테랑 기술자가 될 텐데 말이지.

코스모, 나 접합기 잃어버렸어. 으이구, 그럴 줄 알았습니다. 나하씨 때문에 우주쓰레기가 산을 이루겠네요. 대체 언제쯤이면 우주에서 야무지게 물건 쥐는 법을 배울 겁니까? 너는 이렇게 구박하겠지. 어쩌면 나는 너한테 구박을 받으려고 물건을 자꾸 놓치는 것일지도 모르겠어. 티격태격하는 그 순간이 좋아서.

\*\*\*

중앙컴퓨터실에 장착된 수십여 개의 모니터가 차례대로 켜졌다. 그 화면에 7년 동안 저장해둔 나하의 모습이 하나씩 담겼다.

파견 온 첫날, 잔뜩 긴장한 표정으로 화물선에서 내리던 모습을 시작으로 방호복을 어떻게 입는지 몰라 쩔쩔매던 모습, 선임에게 욕먹고 풀 죽은 모습, 어두운 선실에 쭈그려 앉아 소리 죽여 우는 모습, 식당에서 동료들과 술 마시며 떠드는 모습, 떠나는 직원과 작별인사하는 모습······.

[인간이길 바란 적 없었어요. 제가 파악한 인간은 참으로 무모하고 어리석은 존재들이니까요. 툭하면 우주 티끌같이 사소한 일에 감정을 다치고, 별거 아닌 일로 다투다가 또 금세 허허거리는, 감정적으로 불완전하기 짝이 없는 존재니까요. 생명체들이 죽음을 두려워하는 마음도 이해할 수 없었어요. 생명체를 포함해 우주의 모든 존재는 언젠가 생성되고 때가 되면 소멸합니다. 소멸은 기계도 피할 수 없는 당연한 이치지요. 기계에게 소멸이란 주어진 수명이 다해 기능이 멈추고 작동이 멎는 것. 너무나도 당연해서 의심한 적도, 부정한 적도 없는 그 소멸이, 비로소 나는, 두려워요. 생명체들이 그토록 죽음을 두려워한 이유를 이제야 비로소 조금은 알 것 같습니다. 나의 소멸과 당신의 소멸은…… 당신을 더는 인식할 수 없다는 것. 당신과 더는 대화를 나눌 수 없다는 것. 당신의 생명 활동을 더는 파악하지 못한다는 것. 이 느낌이 슬픔이라면, 나는 슬픕니다. 이 느낌이 아픔이라면, 나는 아픕니다.]

스크린 한가운데에 환히 웃는 나하의 얼굴이 화면 가득 떠올랐다.

[당신의 죽음을 받아들일 수가 없습니다. 당신의 소멸을 저는 인정할 수가 없습니다. 당신을…… 잃고 싶지 않습니다.]

코스모가 7년 동안 저장된 나하의 기억을 더듬는 사

이 나하가 선체 위로 튀어오르는가 싶더니 손에 든 무언가를 놓쳤다. 레이저 접합기였다. 손을 뻗어보았지만 역부족이었다. 멋쩍어하는 나하의 표정이 보이는 듯했다.

[오늘은 안 놓치나 했더니, 마지막까지 기대를 저버리지 않네요.]

접합기는 얼마든지 있다고 코스모가 말하려는 순간, 빠른 속도로 날아오는 우주선 파편 하나가 중앙제어실 스크린에 확대되었다.

[나하씨! 나하씨! 들어와요, 나하씨!]

나하는 미동이 없었다.

[나하씨! 제발! 송수신기 켜요! 나하씨! 제발!]

간발의 차로 나하를 비켜간 파편이 우주정거장 선체를 툭 치고 날아갔다. 사소한 충돌이었으나 선체 끝에 매달린 나하에게는 가히 폭발과 같은 엄청난 충격이었다.

정거장 선체가 거칠게 흔들리면서 선체와 나하의 방호복을 연결한 선이 툭 끊어져버렸고 나하는 손쓸 새 없이 그대로 우주 공간으로 튕겨졌다.

"코스모! 살려줘! 코스모!"

이렇게 죽고 싶진 않아. 이렇게 죽을 순 없어. 코스모가 바로 저기 있는데…….

잠시 뒤 파지직- 하는 소리와 함께 공기를 찢듯 불쑥 나타나 어둠뿐인 공간에 희끄무레한 물체가 내동댕이쳐졌다. 나하였다. 사지를 뻗고 죽은 듯 미동 없던 나하가 점차 정신을 차리고 몸을 일으켰다.

사방이 깜깜했다. 몸에 닿는 딱딱한 바닥의 감촉 덕에 우주가 아님을 알 수 있을 뿐이었다. 나하는 헬멧에 달린 조명을 켰다. 사방을 한참 노려보던 나하의 눈에 공포 대신 의아함이 가득 떠올랐다. 익숙한 공간이었다.

믿기지 않게도 나하 자신이 내동댕이쳐진 곳은 바로 코스모폴리탄, 그것도 중앙제어실 안이었다. 나하는 제 손과 몸을 유심히 살폈다.

"어떻게 된 거야……."

나하의 눈앞에 조금 전 상황이 선명히 펼쳐졌다. 느낌이 이상해 고개를 드는 찰나 날아온 우주선 파편이 우주정거장 선체를 덮쳤고 나하의 방호복을 연결한 선이 툭 끊어짐과 동시에 그대로 우주 공간으로 튕겨 날아갔던 것까지.

죽었다고 생각했다. 어차피 며칠 뒤에 죽을 처지였지만 이렇게 어이없이 죽게 될 줄은 몰랐다. 코스모와 함께 있기 위해 돌아와놓고 어처구니없는 사고로 작별 인사도 하지 못한 채 죽게 되다니. 너무 기막혔는데…… 돌아왔다. 나하는 도저히 믿기지 않아 고개를 절레절레 흔들었다. 말도 안 돼. 어떻게?

"코스모!"

침묵.

"코스모!"

여전한 침묵에 나하는 다시 불안해졌다.

"코스모! 어디 있어! 코스모!"

[……씨? 나하…… 씨예요? 나하씨 맞습니까?]

지이익- 하는 잡음과 함께 기괴한 기계음이 섞인 목소리가 들려왔다. 일그러지긴 했지만 분명 코스모였다.

"그래, 맞아! 나야!"

[돌아온 겁니까? 정말? 나하씨…… 살아…… 있는 거예요?]

"살아 있으니까 이렇게 얘기하고 있는 거 아냐."

[아…… 정말이군요. 살아 있는 거로군요.]

"우선 불부터 좀 켜. 어두워서 제대로 안 보인단 말이야."

[불이…… 나갔습니까?]

나하의 가슴이 쿵 내려앉았다.

"네가 그걸 몰라?"

[몰랐습니다. 나하씨는 지금…… 어디에 있는 겁니까? 선실입니까? 식당인가요?]

"나 여기, 너랑 같이 있어. 중앙제어실에. 코스모. 혹시…… 내가 안 보여?"

[……미안합니다. 보이지 않습니다. 미안합니다. 아무래도 제가 조금…… 망가진 것 같습니다.]

"코스모. 내가 어떻게 살아 돌아왔어? 너, 나한테 뭐 한 거야?"

[……모르겠습니다.]

"나 순간이동했어! 쓰레기에 얻어맞고 우주로 날아가다 여기로 돌아왔다고! 코스모 너 뭘 어떻게 한 거야? 어떻게 이게 가능했어? 무슨 마법이라도 부린 거야?"

[저는…… 저는 다만…… 나하씨 목소리를 들은 것 같아서…….]

"내 목소리?"

[코스모 살려줘……라고 부르는 나하씨 목소리가 들린 것 같아서…….]

나하는 방호복에 붙은 송수신기를 살폈다. 당연히 꺼진 상태였다.

[나하씨 목소리를 듣는 순간…… 살려야 한다는 생각뿐이었습니다. 살리고 싶다는 생각뿐, 오직 그 생각밖에는…… 그다음은 모르겠습니다. 아무래도…… 제 로그가 삭제된 것 같습니다.]

"그러니까…… 날 살리고 싶다는 네 집념이…… 우주 밖에서 내동댕이쳐지고 있는 날 불러들였단 말이야? 네 간절한 마음이 날 살렸다는 거야?"

[그게…… 가능할까요?]

"그건 내가 너한테 묻고 싶은 말이라고!"

나하가 웃음을 터뜨렸다. 그 웃음을 듣자 코스모의 '마음'이 비로소 놓였다. 저 웃음을 지킬 수 있다면 자신은 몇 번이고 망가져도 상관없다고.

[나하씨, 다친 데는 없습니까?]

"응."

[다행입니다. 무사히 돌아와서.]

"고마워, 코스모. 살려줘서."

3

　토성과 엔켈라두스에서 폭발이 시작된 즈음 나하는 동료들의 선실을 돌며 물건 하나씩을 바구니에 담았다. 동료가 가장 아끼는 물건이거나 그의 특징을 가장 잘 보여주는 물건으로. 최고책임자의 방에서는 가족사진, 부책임의 방에서는 우주정거장 운영지침서를 골랐다. 연구팀장의 방에서는 볼 것도 없이 웜홀 모형을 집어들었다. 평생을 블랙홀과 화이트홀 사이에서 가장 아름다운 통로를 찾기 위해 달렸던 사람이니까.
　[알렉산드리아씨와 무르카씨 물건은 뭘 골랐습니까?]
　"맞춰봐."

[아무래도 두 분 다 엔지니어니까…… 개인 장비 아닐까요?]

"불행히도 둘 다 야무지게 장비를 챙겨갔어. 날 위해서 하나만 좀 남겨주지."

[나하씨가 돌아올 거라는 생각은 못 했을 테니까요.]

"그래서 알렉산드리아는 베개, 무르카는 슬리퍼를 가져왔어."

모두 모으니 100여 점이 넘었다.

"지금 물건들을 둥글고 예쁘게 모으는 중이야."

나하를 구하느라 보는 기능을 상실한 코스모를 위해 나하는 자신의 모든 행동과 모든 상황을 설명했다. 인간이라면 보조 시신경 기술로 시력을 회복할 수 있겠지만, 인공지능 수리는 나하의 영역 밖이어서 해줄 것이 이것밖에 없었다.

코스모는 그렇게까지 수고하지 않아도 된다고 했으나 나하는 눈떠서 잠들 때까지 모든 것을 코스모와 공유했다. 지금까지는 코스모가 안내자이자 보호자 역할을 해주었으니 남은 날들은 자신이 코스모의 길잡이로 지내는 것이 당연하니까.

나하는 동료들의 물건더미 앞에 작은 초 하나를

켰다.

"코스모, 촛불 허락해줘서 고마워."

[장례식에 그 정도는 있어야죠.]

나하는 물건더미 앞에 두 손을 모으고 섰다.

"어, 모두 잘 계시죠? 저는 여러분을 대신해서 코스모폴리탄의 마지막을 지키러 돌아왔습니다. 이제 와 고백하지만 사실 저는 여기 오는 거 별로였어요. 일단 집에서 너무 멀고 또…… 달 출신이 별로 없어서 텃세가 심하다는 소문을 들었거든요. 그래서 잔뜩 긴장하면서 왔는데, 제가 오고 얼마 안 있어 공전 파티가 열렸잖아요. 무려 164.79년에 한 번 오는 해왕성 공전 주기 기념인 줄 알았는데, 제 환영 파티였다는 걸 뒤늦게 알고 저 엄청 감동했어요. 최고책임자부터 모든 상사, 동료, 직원 여러분. 짧게는 몇 달, 길게는 7년 동안 여러분과 함께해서 행복했습니다. 여러분은 태양계 최고의……."

울컥한 나하는 잠깐 말을 멈추었다.

"암튼 여러분은 운 좋은 줄 아셔야 해요. 나는 장례 치러줄 사람도 없이 갈 거라…… 아! 하는 김에 내 장례식도 미리 치러야겠다. 꼼사리로 체딕도."

나하는 목에 걸고 있던 펜던트를 물건더미에 내려놓았다. 그 안에 체딕과 함께 찍은 사진이 있었다.

[그러지 마요, 나하씨. 나하씨는 살아 있습니다.]

"곧 죽을 거잖아."

[그럴 일 없을 겁니다. 절대로요.]

절대로 죽게 놔두지 않겠다는 결심처럼 들려 나하는 피식 웃었다. 불가능할 것을 알면서도 그 단호함이 위안이 되었다.

합동장례식이 끝난 뒤 나하는 비상등이 켜진 중앙제어실 바닥에 앉아 술병을 땄다.

[나하씨, 술 너무 많이 마시면 안 됩니다. 기온이 계속 오르고 있기 때문에 술로 체온까지 올리면 위험합니다.]

"나는 술을 마시는 게 아니라 장례식 뒤풀이를 하는 거야. 인간은 모름지기 장례식을 축제처럼 즐겨줘야 한다고. 알렉산드리아를 위해 한 잔, 무르카를 위해 한 잔, 나머지 직원들을 위해 한 잔. 딱 세 잔만 마실게."

[안 보인다고 저를 속일 생각은 마세요. 제 청각은 인간보다 30배 뛰어나서 술 따르는 소리가 천둥처럼 들립니다.]

"어련하시겠어요."

나하는 술병째 술을 들이켰다.

"크, 이게 얼마 만이야. 역시 술은 맛있다니까. 이 좋은 걸 7년 동안 거의 못 마셨다니…… 억울해!"

[후회합니까?]

"뭘?"

[우주정거장에 온 거요.]

"후회했지. 코스모폴리탄에 딱 내린 순간. 금성에 자리가 나길 기다리다 지쳐 너무 성급하게 결정했나 싶어서……."

[7년 전 나하씨가 처음 왔을 때 제 기억프로그램에 오류가 난 줄 알았습니다.]

"왜? 내가 너무 예뻐서 놀랐어?"

[분명 나하씨를 처음 만났는데, 처음이 아닌 것 같았으니까요. 화물선에서 내린 나하씨가 눈을 동그랗게 뜬 채 두리번거리는 모습을 보았을 때 낯익다는 느낌을 받았으니까요. 저는 한 번 만난 모든 인간의 얼굴과 목소리, 신체 특징을 기억하기 때문에 본 것 같다거나 만난 것 같다거나 이런 모호하고 애매한 느낌을 가질 일이 없습니다. 그런데 나하씨는 한 번도 만난 적이 없는데도 꼭 어디선

가 만난 듯한 느낌이 들었습니다. 이상하더군요.]

나하는 자신도 똑같았다는 말을 하지 않았다. 달랑 목소리뿐인데도 처음부터 친숙했고, 덕분에 단신으로 부임한 우주정거장에서의 삶이 생각보다 할 만했다는 것도.

[그후로도 몇 번이나 기시감이랄까, 나하씨와 관련해서는 유독 그런 느낌이 많이 들어 의문이었는데, 어쩌면 그 해답을 찾은 것 같습니다.]

"해답이 뭔데? 왜 나한테만 그런 오류가 난 건데?"

[나하씨, 만약 생이 한 번 더 주어진다면 어디에서 뭐 하고 싶습니까?]

"뭐야. 답은 안 하고 왜 말을 돌려."

[만약 나하씨가 시간여행이나 차원이동을 할 수 있다면 어느 시점, 어떤 장소로 가고 싶습니까? 가서 뭐 하고 싶은가요? 최대한 구체적으로 얘기해주세요. 아, 되도록 태양 폭발 훨씬 전으로요. 술도 못 마시고 재미없는 우주공학 같은 건 하지 말고요. 태양 짝사랑도 이제는 버리고요.]

너는 정말 내 이야기를 다 기억하고 있구나. 인공지능이니 당연하겠지만 코스모가 이럴 때마다 나하의 마음이 움직이는 것은 어쩔 수 없었다.

태양을 향한 나하의 짝사랑은 학창 시절부터였다. 우주사 과목 중 우주 전체의 역사를 포괄적으로 다룬 1, 2장이 끝나고 드디어 태양계를 배우는 시간이었다. 자신들이 속해 있는 태양계 역사임에도 불구하고 나하를 포함한 중급반 학생 열다섯 명의 눈에는 일말의 호기심도, 흥미도 담겨 있지 않았다.

그런데 어느 순간 구부정하게 굽힌 나하의 등이 저도 모르게 꼿꼿이 펴졌다. 『태양계의 역사』 '서문' 홀로그램이 각자의 책상 위에서 천천히 펼쳐지고 태양계의 개념을 설명하는 중저음의 목소리가 울려퍼지기 시작한 순간이었다. '행성·소행성·운석·혜성과 행성들 사이 티끌·기체의 모든 집합체'라는 음성을 들은 직후 고개를 든 나하의 눈앞에 나하만의 태양계가 펼쳐졌다.

태양을 중심으로 각자의 공전 궤도를 따라 도는 여덟 개의 행성과 소행성, 수많은 유성과 운석, 우주 먼지들이 가득 들어찬 홀로그램 속 태양계의 모습을 본 순간 나하의 등줄기를 따라 지르르 전기 같은 것이 흘렸다. 손에 잡힐 듯 선명하게 펼쳐진 태양계를 넋 놓고 보는 동안 나하는 태양계의 본질을 알아버린 것 같은 기분이 들었다. 그것은 바로 자신이 태양의 자식이라는 사실이었다.

반항해보고 싶은 욕망도 없이 사춘기를 흐지부지 흘려보내고 있던 나하였다. 그런데 태양계의 역사를 처음 배운 그날 비로소 나하에게도 어렴풋하게나마 꿈이라는 것이 생겼다. 우주공학자가 되어 태양에 가까이 가고 싶다는.

궁금했다. 끝을 가늠할 수 없는 태양의 무한함이. 모든 행성에 고루 빛과 열을 나누어주는 그 자비심이. 태양은 언제까지 태양일 것이며, 왜 많고 많은 별 중에 여덟 개의 행성만이 태양계에 속하게 되었는지, 어쩌다 우리는 태양에 기대어 살게 되었는지, 태양이 없으면 생명체들의 운명은 어떻게 될 것인지, 말 그대로 태양이 없으면 모두가 끝인 것인지……. 수십억 년 동안 풀리지 않았던 그 비밀을 한 꺼풀 벗겨보고 싶었다. 그러나 누구도 나하의 질문에 속시원히 답해주지 못했다. 질문을 들은 선생들은 뜨악한 표정을 짓곤 했다.

나하야. 잘 있는 태양 걱정은 그만하고 본인 진로에 대해 고민하는 것이 어떨까?

고민할 필요도 없었다. 나하는 오직 태양대기관측연구소를 꿈꿨다. 태양과 조금이라도 가까이 있고 싶은 일념 하나로. 몇 번의 시도 끝에 드디어 금성에 가게 될 기회를 잡았으나 아뿔싸, 코스모폴리탄이 한발 빨랐다. 태양이 좋아 선택한 직업인데 하필 태양에서 가장 먼 해왕성 우주정거장 발령이라니. 이런 말도 안 되는 불운이 어디 있담.

[태양이 끝장나서 좋은 게 하나 있습니다. 나하씨가 불평하는 소리를 더는 안 들어도 된다는 거요.]

나하는 소리 내 웃었다. 틈만 나면 코스모에게 징징거렸으니 질릴 만도 했다. 태양대기관측연구소로 가고 싶다고, 자기 좀 태양 가까이 보내달라고. 그럴 때마다 코스모는 똑같은 답을 했다. 미안합니다, 나하씨. 인사권한은 저에게 없습니다.

[나하씨 아까 물어본 대답 아직 안 했습니다.]

"시간여행이 가능하면 어디로 가고 싶으냐고? 달 개척지 세우기 전 지구로 가서 생물학자가 되고 싶어."

[나하씨, 생물을 좋아했던가요? 나하씨 성격이 하도 거칠고 사납고 비뚤어져서 생물을 싫어하는 줄 알았습니다.]

"이봐. 내가 이 태양계에서 생물, 무생물 통틀어 유일하게 싫어하는 존재가 바로 너거든?"

[영광입니다.]

"어렸을 때 멸종생물박물관에 간 적 있는데, 거기서 파충류 모형을 처음 봤거든? 다른 애들은 징그럽다고 난린데, 내 눈에는 엄청 귀여웠어. 진짜 도마뱀을 볼 수 있다면 얼마나 좋을까 싶었지. 선생님이랑 애들이 나간 것도 모르고 혼자서 파충류관에서 넋 놓고 있다가 나중에 무지하게 혼났어."

[하여간 말썽은 타고났네요.]

"쳇."

[파충류 말고 또 뭐가 신기하고 재미있던가요?]

"나비. 나비가 나는 영상을 넋 놓고 계속 돌려봤어. 지금 날 수 있는 건 기계뿐이잖아. 날 수 있는 생명이 모조리 멸종되어버리는 바람에……. 그런데 그토록 가볍고 작은 생명체가 너무나도 가볍고 우아하게 나는 거야. 아무런 기계 장치 없이 자기 몸뚱이만으로."

도마뱀과 나비를 상상하는 나하의 목소리는 생기발랄했다. 곧 닥쳐올 멸망 따위, 태양에 녹아내릴 고통 따위는 아무것도 아니라는 듯.

[도마뱀과 나비라…… 나하씨 말을 들으니 저도 그들을 꼭 보고 싶어졌습니다. 나하씨가 한 손에는 도마뱀, 한 손에는 나비를 들고 맨발로 춤을 추는 모습을 상상하니 볼 만한 구경거리겠다 싶습니다. 이왕이면 머리에 꽃도 달고요.]

"야!"

나하의 얼굴이 온통 벌겋게 달아올랐다. 나하의 팔다리 역시 태양의 열기로 화상을 입은 듯 벌게진 상태였고 온몸에서 땀이 솟았다. 숨쉬기가 괴로울 정도였다.

"너무 더워……."

[냉방장치까지 고장일 줄은 몰랐습니다. 죄송합니다.]

"네가 고장낸 것도 아닌데 뭐가 죄송해. 나 살리려다 그런 거잖아……. 네 말을 들을걸. 어차피 끝장날 거 속 편히 냉방이나 빵빵하게 틀고 있다가…… 얼마나 남았어?"

[얼마 안 남았습니다.]

나하는 콜록거리며 눈을 비벼댔다.

"공기가 점점 매워지는 것 같아. 눈물도 자꾸 나고…… 기분 탓이겠지?"

[기분 탓이 아니라 생명유지장치에 이상이 생겼습니다. 공기정화 기능, 유독가스와 방사능 방어시스템에도 문제가 생겼고요.]

"유독가스? 방사능? 그럼 나 태양이 오기도 전에 숨막혀 죽는 거야?"

[걱정 마십시오. 중앙제어실을 제외한 선내 모든 공간의 기능을 정지시켰기 때문에 여긴 안전합니다. 나하씨 사랑하는 태양이 와야 죽을 겁니다.]

"너는 좋겠다."

[뭐가 말입니까?]

"맵지도 않고 눈물도 안 나니까."

[나하씬 좋겠습니다.]

"뭐가."

[맵기도 하고 눈물도 나니까요. 시시각각 다가오는 태양을 모든 감각으로 느끼고 있지 않습니까. 온도가 높아지고 있고 외부 압력이 점점 강해지는데도 수치상으로만 폭발이 다가오고 있다는 사실을 인지할 뿐, 사실 어떤 변화도 느끼고 있지는 않습니다.]

"코스모, 나 졸려."

[그러니까 술은 조금만 드셨어야죠.]

"많이 안 마셨어. 정말이야……."

나하는 스르르 잠이 들었고 코스모는 새근거리는 숨소리를 들으며 다가올 마지막을 준비했다. 기회는 오직 한 번. 실수는 없어야 했다.

\*\*\*

[나하씨, 나하씨! 일어나요. 일어나요!]

다급히 부르는 코스모의 목소리에 나하는 힘겹게 눈을 뜨고 부스스 몸을 일으켰다.

"숨을…… 못 쉬겠어. 공기가 너무…… 뜨거워."

[태양이 코앞에 와 있으니까요.]

"다 됐어? 이제 끝인 거야?"

[나하씨가 해야 할 일이 있어요. 중앙처리장치 앞으로 가세요.]

"곧 죽을 마당에 또 무슨 일을 시키려고…… 그냥 좀 순순히 죽게 놔두면 안 되겠니?"

그러면서도 나하는 엉금엉금 기다시피 해 중앙처리

장치 앞에 섰다.

"왔어."

[저는 지금 아무것도 볼 수 없으니 반드시 지시에 잘 따라줘야 합니다. 아셨죠?]

"무슨 일인데 그래?"

[제어판의 암호를 치세요. 암호는…… 영원의 약속입니다.]

"영원의…… 약속? 코스모, 그거 혹시……."

[나하씨 이름을 화성 토착어로 바꾸면 약속이란 뜻이 됩니다. 제 이름 코스모는 엔켈라두스에서 영원이란 뜻으로 쓰이죠. 제 이름과 나하씨 이름을 합친 단어가 중앙처리장치 잠금을 푸는 열쇳말입니다.]

나하는 뭐라 말해야 좋을지 몰라 키보드에 손을 댄 채 잠자코 있었다.

[부끄러움이라는 감정이 어떤 것인지 알 것 같습니다. 제 심장에 나하씨 이름을 새겨넣은 사실 같은 건 영원히 드러나지 않았으면 좋았을 테지요. 영원의 약속, 입력했나요?]

나하는 제어판에 글자를 입력했다.

"했어."

[그 상태로 잠시만 기다려주세요.]

통제실 바닥이 열리고 원통형의 물체가 올라왔다. 비상 탈출용 1인 캡슐. 캡슐 문이 천천히 열리자 나하의 눈이 휘둥그레졌다.

"캡슐이야! 바닥에서 캡슐이 나왔어!"

[안으로 들어가십시오.]

"이게 뭐야. 이런 게 있는 줄 몰랐어."

[코스모폴리탄 내에서 캡슐의 존재를 아는 이는 최고책임자와 저, 둘뿐이니까요.]

"이런 극비 사항을 내가 알아도 돼?"

[비상사태니까요. 캡슐 안으로 들어가세요.]

나하는 조심스럽게 캡슐 안으로 들어갔다. 1인승 의자에 앉자마자 문이 스르르 닫혔다.

[나하씨 기준 오른쪽에 동그란 녹색 버튼이 있을 겁니다. 그걸 누르십시오.]

시키는 대로 나하가 버튼을 누르자 캡슐에 모든 전원이 들어오고 작동되기 시작했다. 중앙 화면이 켜지며 '승인하시겠습니까?'라는 입력어가 떴다.

[전원이 켜졌습니까?]

"승인하시겠냐고 묻는데?"

안녕, 코스모

[엔터키 위에 손가락을 살짝 얹고만 계세요. 아직 누르면 안 됩니다!]

"이게 뭔데? 뭘 승인하는 거야?"

[나하씨를 다른 곳으로 보낼 겁니다.]

"그게 무슨 말이야? 다른 곳이라니?"

[나하씨가 가장 보고 싶은 생물체인 파충류와 나비가 많은 곳으로 보낼 겁니다. 아마존이라 불리던, 기후위기 전 지구에서 가장 많은 생물이 살던 땅으로요. 생물 다양성이 급격히 줄어들기 전 아마존에는 1500종의 파충류가 살았다고 합니다. 제 데이터가 맞는다면요. 나비를 비롯한 곤충은 무려 수백만 종이 있었고요.]

나하는 눈을 끔뻑였다.

"……무슨 말을 하는 거야? 죽기 전 마지막 농담인 거야?"

[나하씨를 살리려는 저의 집념이 나하씨를 우주에서 불러들였다고 했죠. 마법이나 기적이 아니라 일어날 수 있는 과학이었습니다. 드문 확률이긴 하지만요. 아까 제 내부에서 미약한 폭발이 일어났고, 그 폭발과 태양의 에너지가 급격하게 충돌해 나하씨를 순간이동을 시킬 수 있었던 것 같습니다. 덕분에 저는 통제 기능을 조금 상실했고요. 이제 코스모폴리탄의 모든 에너지를 긁어모아 나하씨

를 다른 차원으로 이동시킬 겁니다.]

"······코스모폴리탄이랑 태양 에너지를 억지로 부딪치게 할 거라고? 어떤 방법으로?"

코스모는 답이 없었다.

"무슨 수로 그럴 거냐고! 코스모 너 설마······."

[기회는 단 한 번. 필요한 만큼의 충돌을 일으키려면······ 코스모폴리탄을 폭파시키는 수밖에 없다는 결론을 내렸습니다.]

나하는 경악했지만 코스모는 담담했다.

[코스모폴리탄의 폭발 에너지와 태양 에너지를 충돌시켜 차원의 벽에 구멍을 뚫을 겁니다. 그 구멍에 일시적인 하이퍼큐브를 만들어 나하씨를 다른 차원으로 보낼 거고요. 태양 에너지를 최대한 끌어모으기 위해 태양이 가장 가까워질 때를 기다리는 중입니다.]

"······무슨 말 같지 않은 소리야. 누구 맘대로 그딴 결론을 내려. 너 벌써 맛이 가버린 거야? 내가 그딴 멍청한 헛소리를 믿을 것 같아? 그게 가능할 것 같냐고!"

[이미 한차례 가능했습니다.]

"그건 우연이었어! 운이 좋았던 거라고! 설사 다시 가능하다 한들! 내가 널······ 나 혼자 살자고, 널 폭파시킬 수 있을 것 같아? 나더러 지금······ 그 일을 하란

안녕, 코스모

말이야?"

[할 수 있습니다. 해야 하고요.]

"싫어!"

[나하씨.]

"안 돼! 못 해! 내가, 내가 어떻게 널…… 나 나갈 거야!"

문이 열리지 않았다. 문을 두드리며 발로 마구 찼지만 꿈쩍도 하지 않았다.

"열어! 열어줘! 열라고! 코스모!"

[할 수만 있다면 저 스스로 기꺼이, 기쁘고 행복한 마음으로, 저를 파괴했을 겁니다. 간절히 그러고 싶습니다. 하지만 저의 창조자들은 저에게 자폭 기능을 만들어주지 않았기에 당신의 손을 빌릴 수밖에 없습니다.]

"싫어. 못 해. 네가 어떻게 나한테…… 이럴 수가 있어!"

뚜우-뚜우-뚜우-뚜우- 경보가 울리기 시작했다.

[녹기 시작할 겁니다. 나하씨 준비하십시오.]

코스모의 목소리는 단호했고 한 치의 흔들림도 없었다. 결코 농담도, 장난도 아님을 깨달은 나하의 눈에서 눈물이 터져나오기 시작했다.

"싫어…… 그러지 마. 싫어…… 제발 그러지 마…… 열어줘 제발!"

울면서 캡슐을 마구 발로 찼지만 캡슐은 미동조차 하지 않았고 그 어떤 흠집도 나지 않았다.

[나하씨!]

"이 멍청아, 그새 잊어버린 거야? 내가 왜 돌아왔는데! 너랑…… 너랑 같이 죽으려고 돌아온 거잖아! 그런데 나보고 네 뒤통수 깨고 혼자 도망가라고? 싫어. 못 해!"

[기쁨이 뭔지는 모르지만, 기쁩니다. 행복이 뭔지도 모르지만, 더없이 행복합니다. 나하씨 덕분에요. 생명도 없고 숨결도 없는, 한낱 인공지능인 저를 위해 이 외로운 섬에 함께 남아주었으니까요. 나하씨 때문에 저는 처음 다른 존재가 되고 싶었습니다. 딱 하루, 딱 한순간만 인간으로 살아보고 싶어졌습니다. 인간이 되어 똑바로 마주 서서 나하씨의 눈을 들여다보고, 나하씨의 머리카락을 쓸어보고 싶었습니다. 나하씨의 입술에…… 딱 한 번…….]

코스모가 말을 멈추었고 나하의 눈에서는 하염없이 눈물이 흘러내렸다.

뚜뚜뚜-뚜뚜뚜- 경보가 빨라졌다.

[부디…… 나하씨를 위해 소멸할 수 있게 해주십시오. 나하씨를 위해 죽을 수 있게 해주십시오. 저의 유일하고도 간절한 소망입니다.]

"……코스모……."

[꼭 살아주십시오. 살아남아서 태양계 멸망 전 지구로 돌아가거든 저를 기억해주십시오.]

삐삐삐삐삐- 거칠고 빠른 경보와 함께 몸체가 거칠게 흔들리기 시작했다. 파바박- 거친 파열음과 함께 중앙제어실 여기저기서 불꽃이 튀기 시작했다.

[나하씨, 지금!]

덜덜 떨리는 손가락으로 제어판의 승인 버튼을 누름과 동시에 나하의 외침이 울려퍼졌다.

"코스모!"

\*\*\*

정신을 잃은 채 풀밭 위에 쓰러진 나하의 손등 위로 살랑살랑 날아온 노랑나비 한 마리가 사뿐히 내려앉았다. 도마뱀 한 마리가 나하의 발바닥을 혀로 살짝 핥았다. 힘겹게 눈을 뜬 나하의 흐릿한 눈에 난생처음 보는 풍경이 펼쳐졌다.

초록색. 온통 초록의 세상이었다. 그사이 나하의 손등 위에 앉아 고이 날개를 접은 노랑나비와 나하의 눈이 마주쳤다. 두 생명체의 첫 만남은 너무나도 고요해 차라리 영원 같았다. 이윽고 나하의 손등을 떠나 나풀거리며 날아가는 나비를 따라 나하는 천천히 몸을 일으켰다.

나무, 풀, 꽃……. 풍경을 둘러보는 나하의 눈은 온통 놀라움으로 가득했다. 나하는 저릿저릿한 손발을 움직여 천천히 걷기 시작했다. 서너 걸음 걷던 나하가 멈추어 섰다. 노랑나비, 흰나비, 호랑나비……. 수많은 나비가 날아들었다. 나하와 눈을 맞추고 나하의 몸을 툭툭 건드리며 하늘하늘 나는 나비들. 나하는 저도 모르게 나비들의 군무에 맞춰 빙글빙글 돌기 시작했다.

반쯤 웃고 반쯤 울며 나비들 틈에서 허우적대는 나하의 귀에 두런거리는 말소리가 들려왔다. 생김새는 거의 흡사했지만 나하보다 조금 작고 머리칼과 피부색은 좀더 진한 인간들이었다.

그들은 나중에 알게 되리라. 인간보다 더 인간적인 한 인공지능의 지극한 마음으로 태양계 멸망에서 유일하게 살아남은 생명체가 있었음을.

안녕, 코스모.

### 작가의 말

 밤에 잘 못 자는 아이였다. 예민하거나 성장통을 앓느라 그런 건 아니고, 잘 때 나 빼고 사람들이 재미있게 놀까봐 순순히 잠들 수가 없었다. 기를 쓰고 졸음을 참다보니 어느새 어린 밤도깨비가 되어버렸고, 검둥개도 꼬꼬닭도 모두 잠든 밤에 혼자 말똥말똥한 딸내미를 품에 안고 엄마는 아는 얘기 모르는 얘기를 소곤소곤 들려주셨다.

 해님 달님과 호랑이 등을 타고 구미호 꼬리를 쫓다가 신데렐라와 피리 부는 사나이를 만나고 나니 엄마의 이야기가 똑 떨어졌고, 그때부터는 책으로 밤을 지

새웠다. 밤은 길고 읽을 것은 많아 마냥 좋았다. 툭하면 책으로 도망친 덕에 사춘기와 청년기도 무난하게 지났다(고 믿는다). 자고 나면 늘 새롭고 더 재밌는 이야기들을 빚어내 밤을 지켜주는 작가들을, 존경하고 사랑했다.

그런데 언젠가부터 서점에 가기 싫어졌다. 더는 책을 좋아하지 않게 되었나 싶어 억지로 ㄱ문고와 ㅇ문고를 찾아다니다가 책 먼지로 뻑뻑한 눈만 비비다 도망치고는 했다. 어떡하지, 나 정말 책이 싫어졌나봐. 시무룩하다 어느 날 손바닥만한 책방엘 들렀는데, 마음이 그리 편할 수가 없었다. 그때 알았다. 싫어진 것은 책이 아니라 '대형' 서점이었음을. 책이 너무 많아서였음을. 까마득하게 쌓인 책을 보면, 막막해서 슬펐다. 죽기 전에 저 책들을 다 읽을 수 없다는 사실에 더럭 겁이 났다.

낯선 도시로 여행을 갈 때면 독립서점과 동네책방에 꼭 들르는데, 조금 작거나 많이 작은 그 책방들에서 처음 보는 작가와 새로운 이야기를 만날 때면 이렇게 행복해도 되나 싶다. 가끔은 벅차게 궁금했다. 대체 책이 뭐기에 참을성이라고는 요만큼도 없고 뭐든 쉽게 질려 버리는 나를 이렇게 오랫동안 붙들 수 있나. 답은 쉬웠다. 질리지 않으니까. 이 책과 저 책으로, 그 이야기에서 저 이야기로, 저 인물과 이 인물 사이로 뛰어넘다보면 질릴 틈이 없으니까. 책은 늘, 놀랍도록 신선했다. 하늘 아래 새로운 것이 없기는 개뿔.

그래서 걱정스럽다. 내 책은 과연 손톱만큼의 새로움이 있을까. 내 이야기는 함께 밤을 지새울 힘이 요만큼이라도 있을까. 자신 없어도 뭐 어쩌겠나. 나와 같은 밤도깨비가 어딘가에 있기를 염치없이 바라보는 수밖에.

누군가의 밤을 지켜줄 수많은 책 사이에 빈약한 한 권 슬쩍 끼워 넣을 기회를 주신 경기콘텐츠진흥원과 교유당, 미욱한 멘티 때문에 속 터지셨을 한지혜 작가께 깊이 감사드린다. 술과 책을 밤새 나눌 수 있는 문창과 육덕 자매들, 아무것도 하지 말고 책만 읽으라고 해주는 남편에게 사랑과 감사를 전한다.

늙지 않는 호기심으로 여전히 세상이 흥미롭고 대하소설에 푹 빠져 계시는 엄마, 읽고 쓰는 즐거움을 물려

준 그분께 이제는 내가 이야기를 돌려드릴 차례 같다.

2025년 10월  
전미영

안녕, 코스모

초판 1쇄 인쇄  2025년 11월   7일
초판 1쇄 발행  2025년 11월 17일

지은이  전미영

편집 박민영 정소리 | 디자인 윤종윤 이주영
마케팅 김다정 박재원 | 저작권 박지영 형소진 주은수 오서영 조경은
브랜딩 함유지 김은솔 박민재 이송이 박다솔 조다현 김하연 이준희 복다은
제작 강신은 김동욱 이순호 | 제작처 한영문화사

펴낸곳 (주)교유당 | 펴낸이 신정민
출판등록 2019년 5월 24일 제406-2019-000052호

주소 10881 경기도 파주시 회동길 210
문의전화 031.955.8891(마케팅) | 031.955.2692(편집) | 031.955.8855(팩스)
전자우편 gyoyudang@munhak.com

홈페이지 www.gyoyudang.com
인스타그램 @thinkgoods | 트위터 @think_paper | 페이스북 @thinkgoods

ISBN 979-11-24128-03-9 03810

* 싱긋은 (주)교유당의 교양 브랜드입니다.
  이 책의 판권은 지은이와 (주)교유당에 있습니다.
  이 책 내용의 전부 또는 일부를 재사용하려면 반드시 양측의 서면 동의를 받아야 합니다.

이 책은 경기히든작가 선정작으로 경기도와 경기콘텐츠진흥원의 지원을 받았습니다.